KB113884

검은 별

허담 新무협 판타지 소설

FANTASTIC ORIENTAL HEROES

검은 별 3

허담 新무협 판타지 소설

초판 1쇄 찍은 날 § 2014년 11월 19일
초판 1쇄 펴낸 날 § 2014년 11월 26일

지은이 § 허담
펴낸이 § 서경석

편집부장 § 권태완
편집책임 § 박가연

펴낸곳 § 도서출판 청어람
등록번호 § 제387-1999-000006호
등록일자 § 1999. 5. 31
어람번호 § 제2-2551호

주소 § 경기도 부천시 원미구 부일로 483번길 40 서경B/D 3F (우) 420-822
전화 § 032-656-4452   팩스 § 032-656-4453
http://www.chungeoram.com
E-mail § chungeorambook@daum.net

ISBN 979-11-316-9297-4 04810
ISBN 979-11-316-9247-9 (세트)

검은 별

3

구화방

허담 新무협 판타지 소설

FANTASTIC ORIENTAL HEROES

청어람
도서출판

제1장
기이한 기습

어둠 속에서 도검이 강렬한 빛을 내며 번뜩인다. 달빛에 반사되는 광채가 아름답기는 하지만 그 아래에 있는 사람들에게는 죽음의 빛이기도 하다.

"제길, 너무 많아!"

동료들이 있는 곳으로 돌아오자마자 싸움이 벌어진 것을 발견한 중광이 즉시 싸움에 뛰어들려고 하다 걸음을 멈추며 중얼거렸다. 과연 중광의 말처럼 청마표국의 표사들을 공격하고 있는 자의 숫자가 결코 적지 않았다.

"삼십은 되겠지?"

중광이 다시 물었다. 그런데 그런 중광의 질문에 궁비영이 엉뚱한 대답을 했다.

"멍청한 놈들!"

"무슨 소리냐?"

"실력을 드러내고 있어."

궁비영이 대답했다.

"실력? 무슨……?"

중광이 여전히 궁비영의 말을 알아듣지 못하고 되물었다.

"흑성들 말이야."

"흑성들? 아!"

중광이 그제야 궁비영의 말을 알아들었다. 청마표국의 표사들은 압도적인 숫자의 열세 속에서도 근근이 적의 공격을 버텨내고 있었다. 그리고 그 이유는 표사들 속에 섞여 있는 흑성들, 갈류와 자우, 그리고 이태거 때문이었다.

세 명의 흑성은 적의 공격이 강해지자 조금씩 숨겨온 실력을 드러내고 있었다. 만약 이대로 싸움이 계속된다면 오히려 공격자들이 세 사람의 반격에 전멸을 당할 수도 있었다.

"무슨 수를 내야 하는 것 아니냐? 이러다가는 우리 정체가 들통 나겠어."

"그것보다 이상해."

"또 뭐가?"

중광이 자기 마음 같지 않게 다른 말을 자꾸 지껄이는 궁비영이 마음에 들지 않는다는 듯 되물었다.

"너무 약해."

"약하다니, 누가?"

"기습한 자들 말이야. 숫자만 많지 도검을 쓰는 것을 보면… 절대 고수들이 아니야."

"응?"

중광이 궁비영의 말에 고개를 갸웃하며 다시 싸움이 벌어지는 석굴 앞으로 시선을 돌렸다. 그러고는 잠시 후 고개를 끄떡였다.

"그러고 보니 정말 그러네. 딱 마적 수준이야."

"그렇지?"

"기이한 일이군. 기습을 했다면 분명 마천의 잔당일 거라 생각했는데. 만약 저들이 마천의 잔당이라면 이거 뭐 마천 따위, 걱정할 바가 아닌 것 같은데?"

"공격한 자들은 필시 마천의 잔당이어야 하는데 마천의 마두치고는 무공이 너무 약하다. 그렇다면 결국 한 가지 결론만 남는군."

"어떤 결론인데?"

"저들은 다른 누군가가 보낸 자란 거지."

궁비영의 말에 중광이 잠시 어리둥절한 표정을 짓다가 이내 그 말뜻을 깨닫고는 입을 열었다.

"그러니까 시험을 해보는 거란 말인가?"

"그래. 누군가 직접 모습을 드러내기엔 아직 때가 이르다고 보는 거지. 영활한 자야. 청마표국의 표행에 다른 목적이 있을지도 모른다고 의심하는 거지. 표행의 실력도 살피고."

"그럼 어딘가에서 이 싸움을 지켜보고 있다는 건데……."

중광이 얼른 시선을 돌려 주변을 살폈다. 그러나 보이는 것은 수도승들이 들어 있을 동굴과 그 동굴에서 흘러나오는 희미한 불빛뿐이다.

"제길, 찾을 수는 없겠는걸."

"그들을 찾는 것보다 우릴 숨기는 게 더 중요해."

"흑성들을 자제시켜야 한단 말이지?"

중광이 이번에는 궁비영의 말을 금세 알아들었다.

"알아들었으면 시작해. 거칠게 굴어."

"힘으로 해결하라는 거지? 본래 무식한 고수는 없는 법이니까."

"북산에서처럼 놀아보자!"

"듣던 중 반가운 소리다. 먼저 간다!"

중광이 실실거리며 웃음을 흘리더니 이내 성난 멧돼지처럼 전장으로 뛰어들었다.

"이놈들!"

태산이 무너지는 듯한 고함을 지르며 중광이 싸움에 뛰어들었다. 그러자 싸움의 양상이 일변했다. 중광이 무슨 고절한 무공을 선보인 것은 아니었다. 중광은 거대한 도를 신력으로 휘두르며 습격자들을 상대하기 시작했다.

우람한 근육에서 솟아나는 그의 힘은 절정의 신공을 수련한 내가의 고수들에게는 위협이 될 수 없겠지만, 마적질이나 하는 수준의 무리에게는 커다란 위협이었다.

"악!"

"이, 이놈이!"

검을 만나면 검을 꺾어버리고 도를 만나면 도를 밀어냈다. 혹여 손에 적의 옷자락이라도 잡히는 날에는 그자는 그대로 허공으로 떠올라 땅에 내동댕이쳐졌다. 중광의 신력은 그야말로 놀라워서 내력이 없어도 내력을 지닌 고수 못지않은 위력을 보여줬다.

그렇게 중광이 사람들의 시선을 자신에게로 끌어모으며 한바탕 난장판을 벌이는 사이 궁비영도 은밀하게 싸움에 끼어들었다.

삭!

궁비영 역시 내공을 드러내지 않았다. 대신 그는 교묘하게 적의 약점을 파고들어 상대의 허점을 공격했다.

달그림자에 몸을 숨기고 늑대처럼 어둠 속에서 이빨을 드러냈다. 이런 공격에는 공력이 필요 없다. 궁비영의 칼에 쓰러지는 자들조차 자신이 어떻게 공격을 당했는지 알 수 없었고, 그중에는 누구에게 공격을 당한 것인지조차 알지 못하는 자도 있었다.

누군가 보았더라도 공력을 드러내지 않으니 무공의 고수라기보다 전장에서 수년 굴러먹은 노련한 무사의 수법으로 여길 것이다.

그렇게 궁비영과 중광 두 사람이 싸움에 뛰어들자 습격자들의 전열은 완전히 붕괴되어 버렸다. 그러자 당황하는 적을 향해 갈류 등 흑성 삼 인이 살기를 터뜨리려 했다. 순간 궁비영이 그들의 곁으로 다가서며 나직하게 말했다.

"보는 눈이 많소."

궁비영의 경고에 갈류 등이 퍼뜩 정신을 차렸다. 그제야 그들은 본신의 능력을 드러내면 안 된다는 것을 깨달았다. 그사이 궁비영은 다시 싸움에 뛰어들고 있었다.

"지루한 싸움이 되겠군."

갈류가 중얼거렸다.

"그가 아니었다면 자칫 큰 실수를 할 뻔했소."

화산의 자우가 어두운 안색으로 말했다.

"역시 금패를 지닌 사람은 다른 건가?"

비산문의 이태거가 씁쓸하게 중얼거렸다.

"일단 이 싸움이나 끝내고 봅시다."

갈류가 적을 향해 달려갔다. 그러자 다른 두 사람도 숨을 한 번 고른 후 다시 도검을 휘두르기 시작했다.

"물러나라!"

한순간 어둠 속에서 누군가의 목소리가 터져 나왔다. 그러자 습격자들이 빠르게 어둠 속으로 물러나기 시작했다.

그러나 습격자들이 도주한다고 해도 청마표국의 표사들은 그들을 추격할 수 없었다. 위소아를 지켜야 하기도 했고, 그들 자신도 이미 더 이상 힘을 끌어내기 어려울 만큼 지쳐 있기도 했다.

"모두 괜찮은가?"

적이 물러가자 표두 곽건상이 표사들을 둘러보며 물었다. 그러자 중광이 대답했다.

"이 정도야 끄떡없습니다!"

괄괄한 중광의 말투에 그나마 장내에 생기가 돈다. 그러나 모두가 중광처럼 멀쩡한 것은 아니었다. 흑성을 제외한 오대의 표사 세 명 중 위찬과 구호락이 적지 않은 부상을 입은 듯 보였다.

"움직일 수 있겠나?"

곽건상이 위찬과 구호락을 보며 물었다.

"물론입니다. 걱정 마십시오."

위찬이 대답했다.

"좋아, 그럼 서둘러 객잔으로 돌아간다. 소국주, 준비하시지요."

곽건상이 위소아를 보며 말하자 위소아가 고개를 끄떡이고는 자신과 함께 습격자들과 싸워준 승려에게 다가섰다.

"선사님, 그럼 돌아가 보겠습니다."

"음, 조심하시오, 소국주. 시작부터 순탄치가 않아 보이는구려."

"걱정 마세요. 이미 정해진 길입니다."

"씩씩하시니 마음이 놓이오."

"사천에는 언제 오실 거죠?"

위소아가 물었다.

"글쎄, 살아생전에 가게 될지는……."

"할아버님께서도 이제는 법사님을 반길 것입니다."

"후후후, 부질없는 일이오. 다시 간다 한들 표국에 머물 일은 없을 것이오."

"여전히 원망하시나요?"

"원망이라기보다는 그저 사람의 인생이란 그 길이 정해져 있다는 생각이지요. 머리 깎고 수도하는 게 내 운명이라오."

"알겠어요. 선사님의 생각이 그러하시다면……. 아무튼 감사드려요. 할아버님께서는 법사님께 물건을 받아 오라 하시면서도 부끄러운 일이라 하셨지요."

"후후, 무슨 말씀을! 자, 날이 어둡고 길은 험하니 서둘러 돌아가시구려."

"알겠습니다. 하면 부디 성불하세요."

"성불이라… 이미 정염으로 스스로 선기를 버린 몸. 어찌 성불을 바라겠소. 하하하!"

승려가 호탕한 웃음을 터뜨린다. 그 모습에서 궁비영은 한순간 호방한 강호 협사의 모습을 보았다.

'본래 고수였던가?'

궁비영은 새삼 승려의 정체가 궁금해졌다.

"가요."

승려와 인사를 끝낸 위소아가 곽건상에게 말했다. 그러자 곽건상이 고개를 끄떡여 보이고는 표사들에게 명을 내렸다.

"돌아간다! 경계를 철저히 하라!"

곽건상의 명이 떨어지자 오대의 표사들이 위소아 앞뒤로 나

뉘어져 석굴을 떠났다. 그러자 그들을 떠나보낸 승려가 나직하게 중얼거렸다.

"기이한 일이야. 어찌 표사들의 무공에서 그들의 냄새가 나는 것인가? 그들과 인연이 있는 자들이라면… 후, 어쩌누, 속세의 이 질긴 인연을."

승려가 고개를 저으며 한참 동안 그 자리에 서 있다가 석굴 안으로 사라졌다.

더 이상의 습격은 없었다. 산길을 벗어나 납살 성내로 들어오자 일행의 긴장도 풀렸다. 그러자 그때부터는 움직이는 속도도 느려졌다.

"도대체 왜 그 중을 만난 걸까?"

중광이 앞서 가는 위소아를 보며 중얼거렸다.

"뭔가 받아 온 것 같던데?"

"음, 헤어지기 전에 그런 말을 하기는 했지."

중광이 고개를 끄떡였다.

"그 중을 만나는 것이 이번 표행의 진짜 목적인 것 같은데……."

"보물 지도라도 받은 걸까?"

"모르는 일이지."

"아무튼 참 대범한 여자야."

"그러게. 싸울 때 보니까 무공도 상당하더라고."

"평범하게 자란 것 같지는 않더라. 싸울 때 실력을 모두 드러낸 것도 아닌 것 같고."

"그러니까 국주가 자신의 후계자로 정한 것이겠지. 아무리 피붙이가 없어도 멸문이 우려되는 이 시기에 능력이 없는 사람을 후계자로 정하겠어?"

"하긴 그래. 그나저나 이 자식들은 마중도 나오지 않는 거야?"

객잔이 가까워졌지만 객잔에 남아 있던 청마표국의 표사들은 모습을 보이지 않았다.

"시간이 늦었어. 모두 자겠지."

"소국주가 돌아오지 않았는데 잠을 자?"

"그들에게 충성심을 기대하는 건 무리지. 지금 같은 상황에서."

"흥, 그래도 의리라는 게 있지. 떠날 때 떠나더라도 표사로 남아 있을 때까지는 충성을 해야 하는 것 아냐?"

중광이 화난 표정으로 말했다.

"야야, 골치 아프다. 그리고 그건 우리 문제가 아냐."

"난 그냥 소국주가 불쌍해 보여서……."

"마음에 드는 모양이군."

"글쎄, 나 같은 놈과는 좀 다른 것 같기도 하고."

중광이 머리를 긁적인다.

"아무렴. 감히 너 같은 놈이 욕심낼 분은 아니지. 나라면 모를까."

"이놈아, 넌 그 당가 여식이나 신경 써라."

"어허, 글쎄 아무 사이 아니라니까!"

궁비영이 정색을 하며 말하는데 문득 앞쪽에서 이표두 차의명의 목소리가 들린다.

"소국주, 늦으셨습니다."

차의명의 모습을 본 중광이 말했다.

"그래도 아주 몹쓸 사람은 아닌 모양이군. 기다리고 있는 걸 보니."

"정이라는 게 있지 않겠냐?"

궁비영이 대답하며 속도를 높여 앞으로 나갔다. 그사이 위소아는 어느새 차의명과 대면하고 있다.

"일이 좀 있었어요."

"무슨 일이?"

차의명이 놀란 눈으로 되물었다.

"그분을 만나는 곳에 괴인들이 나타나 기습을 했소이다."

곽건상이 위소아를 대신해 대답했다.

"기습? 어떤 놈들이 말이오?"

"정체는 모르오."

"또 그자들인가?"

차의명의 낯빛이 어두워진다. 청마표국을 위기로 몰아넣은 그동안의 표행 습격자들을 말하는 것이다.

"그들은 아닌 것 같았소. 무공이… 마적 수준이었소."

"마적? 납살에 웬 마적이오?"

비록 서장이 척박한 곳이라고는 해도 납살은 대도다. 이런 곳에 마적이 난입하는 일은 흔치 않았다.

"지금으로썬 모든 것이 불투명하오. 그들이 왜 공격을 했는지도 모르겠소. 딱히 우릴 공격할 이유가 없는데……."

"음, 누군가 시험을 해본 모양이구려."

차의명이 말했다.

"나도 그리 생각하지만……."

곽건상이 말꼬리를 흐린다. 누군가가 청마표국 표사들을 시험한 것이라면 곧 제대로 된 공격이 있을 거란 의미이기 때문이다.

"아무튼 무사하셔서서 다행입니다."

차의명이 위소아를 보며 위로하듯 말했다. 그러자 위소아가 당당한 태도로 말했다.

"모두 표국의 식구들이 도와준 덕분이지요. 부상자가 있으니 치료를 해주시고, 일단 내일 하루는 푹 쉬게 조치하세요. 그리고 성도에서 맡아 온 거래들은 신속하게 처리하세요."

"알겠습니다. 그리하겠습니다."

자연스레 묻어나오는 우두머리의 기운에 차의명이 자신도 모르게 고개를 숙여 보인다.

"출발일을 앞당겨야겠어요. 적이 있다면 적의 의도와 다르게 움직여야 하니까. 경계를 늦추지 말도록 하고요."

위소아가 다시 명을 내리고는 서둘러 객잔 안으로 들어갔다. 그러자 그 모습을 보고 있던 차의명이 곽건상에게 말했다.

"국주님을 닮았소."

"나도 조금은 놀랐소. 적의 습격에도 전혀 당황하지 않으시 더이다. 어쩌면 정말 표국이 소국주님에 의해 다시 부흥할지 도 모르겠소."

"음, 그렇다면야……."

차의명이 말꼬리를 흐린다. 세를 모아 그들을 데리고 청마 표국을 떠나려던 마음에 변화가 생겼는지도 모를 일이었다.

아침 햇살이 화살처럼 날카롭다. 고원의 햇살은 무덥지는 않지만 그 날카로움이 잘 갈린 병장기와 같다.

궁비영은 창으로 들어오는 햇살을 받으며 온몸의 기운이 하 나하나 살아 숨 쉬는 듯한 느낌을 받았다.

'이래서 이 땅이 신들의 땅인가 보군. 이런 아침을 매일 맞 는다는 건 매일 아침 신과 조우하는 것과 같을 테니까.'

궁비영은 이 고지의 이국땅에서 자유의 냄새를 맡았다. 그 러자 갑자기 흑성으로 살아가야 하는 자신의 삶이 거추장스럽 게 느껴졌다. 문득 이 문을 벗어나 세상이 알지 못하는 곳으로 떠나 자유롭게 살고 싶다는 충동을 느꼈다.

'불가능한 일도 아니지.'

궁비영이 살짝 입술을 깨문다. 자신이 숨고자 한다면 그 누 가 자신을 찾을까 싶다. 더구나 북산에 두고 온 가족도 없다. 북산에 남아 있는 것이라곤 낡은 궁가의 장원뿐이다.

'갈까?'

갑작스레 마음에 갈등이 생긴다. 그런데 그때였다. 마치 그런 그의 마음을 알고 있기라도 한 듯 중광의 목소리가 들린다.

"뭐 하냐?"

순간 궁비영 마음속에 일어났던 갈등이 거짓말처럼 사라졌다. 돌아가야 할 이유가 아주 없는 것은 아니었다. 아버지의 죽음에 대한 의문이 아직 풀리지 않았다. 그 일을 벌인 자가 유령마 야유사군이라 했으니 적어도 그를 한 번은 만나야 하지 않겠는가.

그리고 언제부턴가 마음에 생겨난 꿈, 북산 제룡가를 벗어나 오직 궁씨만의 가문을 세우고 싶다는 꿈 역시 그의 발목을 잡았다.

"갰냐?"

궁비영이 상념을 떨치고 중광을 돌아봤다. 그러자 중광이 어기적거리며 침상에서 일어나 크게 기지개를 켠다.

"어허! 오랜만에 도를 휘둘렀더니 피곤하네."

"벌써 해가 중천에 떴어."

"그래? 어쩐지 배가 고프더라. 나가자. 뭐라도 먹어야지."

"하여간 먹을 때는 안 놓쳐요."

"흐흐, 다 먹고살자고 하는 일 아니냐. 가자고!"

중광이 자리를 털고 일어났다. 궁비영도 검을 들어 허리에 차고는 문을 열고 나가려는데 문득 문밖에서 두 사람을 부르는 소리가 들렸다.

"아직 자는가?"

곽건상의 목소리다.

"아닙니다. 막 나가려는 참입니다."

궁비영이 문을 열며 곽건상을 맞이했다.

"아직 아침 전이지?"

"그렇습니다만……."

"잘됐군. 소국주께서 함께 식사를 하자시네."

기인한 일이다. 일개 표사를, 그것도 갓 표국에 들어온 애송이들을 불러 아침 식사를 같이하자니.

위소아의 처소로 향하는 내내 궁비영과 중광은 의아함을 떨칠 수 없었다. 위소아가 다른 표사들을 놓아두고 두 사람만 불러 아침을 같이 먹자는 데는 분명 그 이유가 있을 터였다.

"무슨 일입니까, 대체?"

걸음을 옮기던 중에 중광이 참지 못하고 물었다.

"어젯밤 자네들을 눈여겨보신 모양이야."

"싸움 중에 말입니까?"

"그렇다네."

곽건상이 대답했다. 그러자 궁비영이 중얼거렸다.

"역시 소국주님의 무공이 보통이 아니시군요. 그 와중에 우릴 살피고 계셨다니."

"음, 솔직히 말하자면 나도 조금 놀랐다네. 사실 소국주님의 진정한 무위를 아는 사람은 천하에 오직 한 사람뿐이지. 국주님 말일세."

"누구에게 무공을 배운 겁니까? 국주께서 가르치셨나요?"

"아닐세. 물론 국주님의 가문에도 대대로 전해오는 가전 무공이 있기는 하나 내가 알기로 소국주께서는 스승을 따로 두고 계시네. 물론 그분이 누구인지는 나도 정확히 모르네만… 사실 그동안 소국주께서 표국의 일에 크게 관여치 않으신 것도 표국을 떠나 수련을 하고 계셨기 때문이지."

"소국주님의 부모님은……?"

이번에는 중광이 물었다. 그러자 곽건상이 침통한 표정으로 말했다.

"참으로 애석한 일이지. 두 분께선 한날한시에 변고를 당하셨네. 두 분 금슬이 워낙 좋아서 가끔 배를 타고 유람을 다니셨지. 그런데 그만 그해 배가 풍랑을 만나 전복되는 바람에……."

곽건상이 대답을 하는 사이 세 사람은 소국주 위소아가 머무는 처소의 문 앞에 당도했다.

"소국주, 두 사람을 데려왔습니다."

"들어오세요."

객실 안에서 위소아의 목소리가 들린다. 직후에 문이 안에서 열리고 외지의 객방답지 않게 화려하게 꾸며진 위소아의 방이 눈에 들어온다. 아마도 객잔에서 가장 화려한 방일 터였다.

"어서 오세요."

소국주 위소아가 일어나서 궁비영과 중광을 맞이했다.

'웬일이지?'

궁비영이 고개를 갸웃한다. 본래 소국주 위소아는 표행 내내 가벼운 무복 차림의 남장을 하고 있었다. 그런데 오늘은 수수한 색이나마 여장을 하고 있다.

'이렇게 보니 예사 미모가 아니군.'

여장을 한 위소아의 미모는 지금까지와 같은 사람이라고는 믿을 수 없을 만큼 아름다웠다. 천하의 그 어떤 젊은이도 그녀의 미모에는 반할 만큼 아름답다. 궁비영조차 가슴이 흔들리는데 중광은 거의 정신을 잃을 지경이지 싶다.

"초대해 주셔서 감사합니다!"

궁비영이 중광의 정신을 차리게 하려는 듯 큰 목소리로 위소아에게 인사를 했다. 그러자 중광이 퍼뜩 정신을 차렸다. 그리고는 꾸벅 위소아에게 고개를 숙여 보였다. 정신은 차렸지만 그녀의 미모에 주눅이 든 것은 여전한 듯 보였다.

"이리 앉으세요."

위소아가 두 사람에게 자리를 권한다. 방에는 이미 정갈한 아침상이 차려져 있다.

"원행을 나온 탓에 음식이 충분치 않아요."

"아이구, 이 정도면 진수성찬이죠."

중광이 머리를 주억거리며 대답했다.

"드세요."

위소아가 손을 들어 권했다. 비록 여장을 하기는 했지만 말투에는 단호한 기운이 서려 있다.

'겉모습은 변해도 성정은 변하지 않는군.'

궁비영이 가벼운 미소를 지으며 젓가락을 들었다.

조용한 식사가 이어졌다. 사실 딱히 이들 사이에 흥미를 끌이야기도 없었다. 궁비영과 중광은 갓 표국에 들어온 사람들이고, 위소아 역시 두 사람에 대해 별반 아는 것이 없었다. 덕분에 식사는 무척 빨리 끝났다.

"차를."

식사가 끝나자 위소아가 그녀의 시중을 들기 위해 사천에서부터 따라온 여인에게 말했다.

"네, 소국주님."

여인이 대답하고 물러나자 다른 여인 한 명이 재빨리 빈 그릇들을 치웠다. 그런데 여인이 상을 미처 다 치우기도 전에 위소아가 불쑥 두 사람에게 물었다.

"그런데 두 분은 어디서 무공을 배웠나요? 사문이……?"

뜻밖의 질문이다. 설마 사문을 물어볼 줄은 생각지 못했다.

"사문이랄 것은 없고 그저 여기저기 떠돌다 보니 자연스레 칼 쓰는 법이 몸에 익었지요."

궁비영이 얼른 대답했다.

"그런가요? 흠……."

위소아가 뭔가 아쉬운 듯한 표정을 짓는다. 그러다가 문득다시 생기를 찾은 목소리로 말했다.

"아무튼 좋아요. 오늘 제가 두 사람을 초대한 것은 두 가지이유예요."

드디어 위소아가 본론을 꺼내 들었다.

"첫 번째 이유는 어젯밤 훌륭하게 적을 상대해 주신 것에 대한 답례예요. 두 분의 도움으로 큰 위험 없이 적의 공격을 막을 수 있었어요."

"모든 표사가 노력한 덕분이지요."

궁비영이 대답했다.

"그렇긴 하지만 그래도 그중에 두 분의 실력이 눈에 들어오더군요."

"그렇게 봐주셨다면 감사한 일입니다."

"두 번째 이유는 두 분께 한 가지 부탁을 하려고 해요."

이것이 아침부터 두 사람을 부른 진짜 이유이리라.

"말씀하십시오."

궁비영이 대답했다. 그러자 위소아가 잠시 침묵을 지키다가 입을 열었다.

"표행을 둘로 나누려고 해요."

뜻밖의 일이다. 가뜩이나 적의 공격이 예상되는 상황이다. 그런데 표행을 둘로 나누다니 극히 위험한 일이 아닐 수 없었다.

"이유가 뭡니까?"

"돌아가는 길에 들를 곳이 있어요. 그러나… 사람들의 눈을 피해야 하는 일이죠."

위소아가 심각한 표정으로 말한다.

"적의 눈을 속이고 잠행을 하겠다는 말씀이군요."

"그래요."

위소아가 고개를 끄떡인다. 그러자 궁비영이 잠시 위소아를 바라보다 불쑥 물었다.

"이번 표행의 목적이 뭡니까?"

궁비영의 질문에 위소아가 기다렸다는 듯이 대답했다.

"아주 많은 목적이 내포된 표행이지요. 그중 하나는 표행을 성공시킴으로써 천하 상계에 청마표국이 건재하다는 것을 알리는 것이고, 둘째는 실질적인 이득을 취해 표국의 재정난을 타개하는 것, 셋째는 숨어 있는 적을 끌어내는 것이지요."

마지막 말을 하면서는 위소아의 눈이 날카롭게 궁비영과 중광을 살핀다. 순간 궁비영의 마음속에 불쑥 의심이 솟구쳤다.

'우리 정체를 알고 있는 것인가?'

숨어 있는 적을 끌어내는 일이란 것이 청마표국의 적을 끌어내는 것이란 말일 수도 있지만 돌려 생각하면 궁비영 등이 이곳에 온 목적, 마천의 잔당을 끌어내는 일을 말하는 것일 수도 있다. 그 사실을 알고 있다면 결국 위소아는 두 사람의 정체를 알고 있다는 의미가 된다.

"저희에게 원하시는 것이 뭡니까?"

궁비영의 말투가 차가워졌다. 불쑥 위소아에 대한 경계심이 생긴 것이다.

"저를 좀 도와주시겠어요?"

위소아가 망설이지 않고 말했다.

"잠행에 동행을 해달라는 겁니까?"

"그래요."

위소아는 확실히 단호한 구석이 있었다. 자신이 원하는 것을 숨기지 않고 직접 말할 수 있는 강단을 지닌 그녀다. 그러자 궁비영이 잠시 생각에 잠겼다가 말했다.

"표국의 표사로서 소국주의 명이라면 당연히 따라야지요."

"이건 명이 아니라 부탁이에요. 위험한 길이니까요."

"가부를 저희가 선택할 수 있다는 말이군요."

"그래요."

위소아가 고개를 끄떡였다. 그러자 궁비영이 물었다.

"이런 일에는 보통 노련하고 숙련된 표사가 동행하는 것으로 알고 있습니다만. 우리를 믿으십니까?"

"맞아요. 본래 이런 일은 표국에서 오래 일한 표사들을 쓰지요. 그러나 아쉽게도 지금 청마표국은 오래 일한 자나 어제 갓들어온 자나 큰 차이가 없는 지경이 되었어요. 상가에서 충성심은 각자에게 이득이 돌아갈 때나 생기는 거니까요."

작금의 청마표국 상황을 직설적으로 말하는 위소아다. 확실히 나이는 어리지만 강단이 보통이 아니다.

"그렇다고는 해도 우리 같은 초보자를 데려가려 하심은 이해가……."

"떠나기 전에 총관께서 당부하신 말씀이 계세요."

'총관 여계명 그자가 맹의 일을 발설한 건가?'

"뭐라 하시던가요?"

궁비영의 표정이 변했다. 그러자 갑자기 장내에 팽팽한 긴장감이 감돈다. 당장 누가 검을 뽑아도 이상할 것이 없는 분위기다.

"위험한 일이 생기면 두 분을 믿으라고 하시더군요."

"그 이유를 말하던가요?"

"아뇨. 두 분이 왜 청마표국의 표사가 되었는지는 말하지 않으셨어요. 그러나 어떤 경우든 내 목숨을 구해줄 능력이 있는 분들이라고 하시더군요. 더불어 표국에 해가 될 사람들도 아니고요. 저에겐 그거면 족해요. 두 분이 어떤 목적으로 표국에 들어왔든 상관없이 말이죠."

'이자가 정말 우리를 너무 무시하는군.'

궁비영은 위소아보다는 청마표국의 총관 여계명에 대해 화가 치밀어 올랐다. 그녀는 모든 것을 알고 있는 것이 분명했다. 이 일은 구천맹에서조차 극비에 해당하는 일이다. 그런데 여계명이 일을 타인에게 알렸다. 비록 그것이 자신이 모시는 국주의 손녀라 해도 불가한 일이다.

"총관께서는 생각보다 입이 가볍군요."

궁비영이 차가운 표정으로 말했다.

"기분이 상하셨다면 제가 대신 사과드리죠."

위소아는 여전히 강단 있는 모습이다. 사과는 하지만 진심에서 우러나오는 것인지는 확실치 않았다. 어쩌면 그녀는 자신이 말한 것보다 궁비영 일행에 대해 더 많은 것을 알고 있을지도 모른다.

그러자 불쑥 궁비영의 가슴속에서 반발심이 솟구친다. 위소아의 모습에서 제룡가 일족의 그 도도한 독선이 느껴진 것이다.

"혹시 총관이 이 말도 했습니까?"

궁비영이 물었다.

"무슨 말 말인가요?"

"우리가 목적을 위해서라면 언제든 표국을 버릴 수도 있다는 말 말입니다."

순간 위소아의 얼굴빛이 변한다. 아마 그녀로서는 생각지도 못한 말인 듯싶다.

"표국을 버릴 수도 있다고요?"

"버리는 것은 아니시요. 떠나는 것이지. 그 말은 안 하던가요?"

"아뇨. 오히려 반대의 말을 하더군요. 두 분께서 원하시는 바를 얻기 위해선 반드시 절 지킬 거라고. 그게 맹에서 두 분께 원하는 바가 아닌가요?"

'흐흐, 이자가 정말 모든 것을 말해줬군. 그러나 여계명 당신도 모르는 것이 있지. 나와 중광이 놈은 맹의 명령 따위 별반 관심도 없다는 것을 말이야.'

"알겠소이다. 동행하리다."

탁!

궁비영이 탁자를 두 손으로 치며 자리에서 일어났다. 그러자 위소아가 급히 따라 일어난다.

"제가 두 분에 대해 알고 있다는 것에 기분이 상했다면 너그럽게 이해해 주세요. 총관께서는 어쩔 수 없이……."

"세상에 어쩔 수 없는 일은 없지요. 아무튼 한 가지 분명히 해둘 일이 있습니다."

"말씀하세요."

위소아가 고개를 끄떡인다.

"여 총관이 오해를 하고 있는 일이 있습니다."

"뭔가요?"

"사실 우리에겐 맹의 계획 따위 별로 중요치 않다는 것입니다. 나나 이놈은 그저 우리 자신을 위해 움직이는 사람입니다. 그러니 여 총관의 말보다는 제 말을 믿으세요. 우린 언제라도 표국을 떠날 수 있습니다. 우리 이득을 위해서는 말이죠. 가자!"

궁비영이 중광을 툭 찼다. 그러자 중광이 투덜거리며 자리에서 일어났다. 그리고는 궁비영보다 먼저 장내를 벗어나며 중얼거렸다.

"이래서 머리 검은 짐승은 믿을 게 못 돼!"

"멍청한 놈, 그의 머리가 검던?"

궁비영이 문을 열며 구박했다.

"히히, 하긴 그러네. 그의 머리는 반백이었지."

총관 여계명을 두고 하는 말이다. 위소아는 노골적으로 여계명에 대해 불만을 늘어놓는 두 사람이 자신의 거처를 벗어날 때까지 침묵을 지켰다. 그러다 두 사람이 사라지자 곽건상에게 물었다.

"정말 믿을 수 있는 사람들인가요?"

"실력에 관해선 그렇습니다."

"실력을 말하는 것이 아니에요."

위소아의 말투가 차갑다.

"그들의 마음을 말하는 것이라면 저도 확신이 없습니다. 그러나 총관께서 믿어도 된다고 말하셨다면……."

"총관께서 저 두 사람을 믿으라고 한 것은 곧 구천맹을 믿기 때문이지요. 그러나 구천맹에 대한 저들의 충성심이 그리 대단한 것 같지가 않군요."

"그럼 계획을 바꾸시겠습니까?"

곽건상이 물었다.

"아니에요. 이 일은 뒤로 미룰 수 없는 일이에요. 빈손으로 돌아가면 표국은 무너질 겁니다."

"하면 다른 사람들을 데려가는 것이……."

"그도 좋지 않아요. 황금을 눈앞에 두고 욕심을 부리지 않을 사람이 지금 표국에는 없어요."

"어렵군요. 결국 저들을 믿어야 하다니……."

곽건상이 고개를 저었다.

"어쩔 수 없지요. 저들을 좀 더 확실히 옭아맬 분을 부르는 수밖에. 아무튼 곽 표두님은 준비를 철저히 해주세요."

"알겠습니다, 소국주."

"지금 생각해 보니 모든 것이 이해가 되는군."

방으로 돌아온 궁비영이 중얼거렸다.

"뭐가 말이냐?"

"그 마적 떼 놈들 말이야."

"어제 기습했던?"

"그래."

"그자들이 왜?"

"아무래도 그 계집이 불러들인 것 같단 말이야."

"그 계집이라니?"

"소국주!"

궁비영의 말에 중광이 화들짝 놀라며 궁비영에게 다가섰다. 그리고는 고개를 저으며 말했다.

"설마 그럴 리가? 이유가 없잖아?"

"오늘까지는 이유가 없었지. 하지만 이제는 이유가 있어. 우리를 시험해 보기 위해 그랬을 가능성이 커."

"우리 무공을 시험했다고?"

중광이 되물었다.

"아니. 우리를 믿을 수 있는지 시험한 거지. 과연 위기 때 자신을 도와줄 사람들인지 말이야. 결과는 아주 만족스러웠을 거야. 그래서 오늘 우릴 불러서 동행을 부탁한 것이고."

궁비영의 말에 중광의 표정이 어두워졌다. 그리고는 혼잣말처럼 중얼거렸다.

"차갑기는 해도 그렇게 영악할 거라고는 생각지 않았는데……"

"이번 일은 이상한 점이 너무 많아."

"뭐가 또?"

"아무리 총관 여계명의 배포가 크다고 해도 어떻게 맹의 일을, 그것도 흑성이 투입된 일을 그녀에게 말할 수 있었을까? 사실 원칙대로라면 우린 지금 즉시 이 일에서 손을 떼야 해. 우리의 정체가 이미 여러 사람에게 알려졌으니까 말이야."

"음, 듣고 보니 그렇기도 하다. 그럼 그만둘까?"

"생각 좀 해보자. 일단 밖으로 좀 나가자. 답답하다. 마치 농락당한 기분이야. 바람이나 쐐야겠어. 오늘은 편히 쉬라고 했으니까."

"그러게. 나도 썩 기분이 좋진 않군."

중광이 맞장구를 쳤다.

궁비영과 중광은 서둘러 객잔을 벗어났다. 그리고는 납살 성내 이곳저곳을 돌아보며 심란한 마음을 진정시키고 객잔으로 돌아왔을 때, 의외의 인물이 주인 없는 객방에서 두 사람을 기다리고 있었다.

제2장

잠행(潛行)

"후……."

궁비영이 한숨을 쉬었다. 일이 그의 생각과는 완전히 다른
방향으로 진행되고 있는 것이 분명했다. 객방에서 그를 기다
리고 있는 사람을 본 순간 그것을 확신할 수 있었다.

"이거 정말 놀랄 일이군요."

궁비영이 입을 열었다.

"삼관주님, 도대체 이곳엔 어쩐 일이십니까?"

중광도 이해할 수 없다는 표정으로 객방에서 두 사람을 기
다리고 있는 사람, 무명도의 삼관주 곽묘랑에게 물었다.

"잘 지냈는가?"

곽묘랑이 무심한 표정으로 물었다.

"오늘 아침까지야 별일 없이 잘 지냈지요."

궁비영이 대답했다.

"그래? 내가 들은 것과는 다르군."

"어떻게 들으셨습니까?"

궁비영이 빈정거리듯 되물었다. 무명도에서는 상상도 할 수 없는 태도다.

"강호 물을 먹더니 무명도의 일은 잊은 건가?"

궁비영의 태도가 못마땅한지 곽묘랑이 자신이 무명도의 삼관주임을 확인시켜 준다. 그러나 궁비영과 중광에게 무명도는 이미 지나간 과거일 뿐이다. 그들에게 곽묘랑이나 자신들은 이젠 그저 구천맹의 한 구성원일 뿐이었다.

"무명도를 평생 잊을 수 있겠습니까?"

궁비영이 퉁명스레 대답한다.

"음, 그럼 내가 삼관의 관주라는 것을 잊은 건가?"

"그 또한 잊을 수 없는 일이지요."

"그런데 지금 이 태도는 뭔가?"

곽묘랑이 살짝 노기를 드러냈다. 그러자 궁비영이 곽묘랑을 보고 정색하며 물었다.

"설마 우리에게 스승 대접을 받기를 원하는 겁니까?"

"그건 아니네만……."

"그럼 뭘 기대하시는 겁니까? 관주님들과 우리가 사승의 관계는 아니지 않았습니까?"

"물론 그러하네. 그러나 그렇다고 해도 맹의 존장에 대한 예

절 정도는 지켜야 하는 것 아닌가?"

"뭐… 달리 예법에 어긋난 것도 없는 것 같습니다만……."

궁비영이 한마디도 지지 않고 대꾸하자 그제야 곽묘랑도 뭔가 분위기가 이상하다는 것을 깨달았다.

"자네 우리에게 불만이 있는 모양이군."

"먼저 이곳에 오신 이유를 알고 싶군요."

궁비영이 말했다. 그러자 곽묘랑이 잠시 침묵을 지키다가 입을 열었다.

"청마표국 소국주의 말에 따라 움직이라는 말을 전하기 위해 왔네."

"역시 그렇군요."

궁비영이 고개를 끄떡인다.

"이제 말해보게. 뭐가 불만인가?"

"큰 불만은 없습니다. 다만……."

"다만 뭔가?"

"흑성으로서 우리가 감당해야 할 위험에 비해 이번 일에 대해 우리가 알고 있는 것이 너무 적다는 생각이 들더군요."

"그게 무슨 소리지?"

"무명도에서 배우기를 흑성의 임무는 철저히 비밀리에 진행된다고 하셨지요. 그리고 그 사실은 우리 흑성에게 무척 중요한 것이지요. 흑성의 존재가 노출되느냐 아니냐에 따라 생사가 결정될 수도 있으니까요."

"그렇지. 그런데?"

"표행을 나와 보니 우리가 맹을 위해 움직인다는 것을 알고 있는 사람이 너무나 많더군요. 우린 오직 청마표국의 총관만이 우리의 정체를 알고 있을 거라 생각했습니다. 그런데 소국주도 알고 있고, 그녀가 알고 있으니 표두들도 알고 있겠더군요."

"음, 맞네. 사실 그녀는 자네들의 존재를 알고 있네."

"더군다나 이 일에 투입된 흑성은 우리 삼조만이 아니더군요. 오조 역시 서장에 왔고. 그렇다면 맹의 다른 고수들도 이곳에 왔겠지요. 이 모든 것을 고려해 보면 우리의 임무를 알고 있는 사람이 수십은 넘을 것 같더란 말입니다."

궁비영의 말에 곽묘랑이 당황한 듯한 모습을 보인다. 그런 그녀를 보며 궁비영이 추궁하듯 말을 퍼부어댔다.

"그 많은 입이 우리의 존재를 떠들고 다니는데 과연 우리 삼조가 제대로 임무를 수행할 수 있겠습니까? 흐흐, 더군다나 그 맹랑한 소국주는 우리의 마음을 떠볼 요량으로 일부러 외부인을 끌어들여 기습까지 하더군요."

궁비영이 차갑게 물었다. 그러자 곽묘랑이 당황한 표정을 짓는다.

"그 아이가 그런 일까지 벌일 줄은 우리도 미처 몰랐네."

'그 아이라…… 역시 맹과 깊은 인연이 있어.'

곽묘랑의 말에 궁비영은 청마표국과 구천맹이 생각보다 무척 밀접한 관계가 있다는 것을 확신했다. 그저 단순히 맹에 자금을 지원하는 것 이상의 관계가 있음이 분명했다.

하긴 지금 생각해 보면 당연한 일이다. 그렇지 않다면 청마표국의 총관이 맹의 일에 그렇게 깊숙이 관여되어 있을 수 없다. 더군다나 흑성이 움직이는 일이 아닌가.

"어떤 관곕니까?"

중광이 거두절미하고 물었다. 사실 중광은 겉으로는 어리숙해 보여도 누구 못지않게 눈치가 빠른 사람이다.

그도 궁비영과 마찬가지로 이미 소국주 위소아가 맹과 깊은 연관이 있다는 것을 눈치챈 것이다.

"소국주 말인가?"

시간을 벌기 위함인지 곽묘랑이 되물었다.

"그렇습니다."

"음, 아주 관계가 없다고는 할 수 없지."

곽묘랑이 말꼬리를 흐린다. 그러자 궁비영이 냉정하게 입을 열었다.

"그녀가 누구인지 알기 전에는 움직일 수 없습니다."

순간 곽묘랑의 눈에 노기가 서렸다.

"흑성은 무조건 맹의 명에 복종해야 한다."

"그런가요?"

"그렇다."

곽묘랑이 단호하게 대답했다. 그러자 궁비영이 고개를 저으며 말했다.

"미안하게도 그 말씀에 동의할 수 없군요."

"맹의 명을 거역하겠다는 것인가?"

탁!

곽묘랑이 탁자를 치며 자리에서 일어났다. 곧이라도 검을 뽑아 궁비영의 목을 칠 기세다.

"우린 흑성이 되면서 혈맹록이라는 것을 썼지요."

"맞아. 맹에 대한 충성의 대가로 혈맹록을 통해 그 보답을 한 것일세. 그러니……."

"맹과 혈맹록을 쓸 사이라면 이건 충성심으로 움직이는 관계가 아니라는 말이 됩니다. 충성심을 요구했다면 어찌 혈맹록 따위가 필요하겠습니까. 그저 목숨을 요구하면 그뿐이지요. 혈맹록이 만들어졌다는 것은 비록 흑성들이 구천맹의 사람이기는 하지만 맹과 일종의 거래가 이뤄진다는 뜻입니다. 그런데 거래를 하는 사이에서 한쪽이 한쪽을 속인다면 그 거래가 성사되겠습니까?"

"자네, 진심인가?"

"그렇습니다. 한낱 표국의 소국주만도 못한 취급을 받는 흑성은 맹의 식구가 아니라 소모품일 뿐이지요. 미안하게도 난 맹의 소모품이 될 생각은 없습니다."

궁비영이 다부지게 말했다.

"맹의 처벌이 있을 걸세."

"무슨 명목으로 말입니까? 사천의 한 표국의 애송이 소국주 청을 거절했다는 명목으로 말입니까? 그럼 전 맹의 모든 식구에게 묻겠습니다. 과연 구천맹도의 목숨이 일개 표국의 소국주 따위의 청에 의해 좌우될 수 있는지 말입니다."

"흑성은 탄생도 비밀스럽지만 소멸도 비밀스럽다네."

참으로 무서운 말이다. 궁비영이 반발할 기회가 없을 거란 의미다. 어느 날 갑자기 암살자가 궁비영을 찾아와 그의 목숨을 가져가는 것으로 맹의 처벌은 완성되리라.

그런데 이 무서운 협박에 궁비영은 히쭉 웃음을 흘렸다.

"맹에서는 각 파의 정통성을 지닌 후기지수들은 무명도에 입도시키지 않았지요. 그 이유는 아마도 언제라도 흑성들이 버려질 수 있기 때문일 겁니다. 그러니 맹의 뜻을 거슬렀다가는 언제든 어둠 속에서 죽음의 칼날이 찾아올 수 있다는 것을 모르지는 않지요."

"안다면 맹의 지시에 따르게."

"그러나 맹도 한 가지 사실을 알아야 합니다."

"뭘 말인가?"

"위험한 자들을 다룰 때에는 그만큼의 위험이 따른다는 것을 말이지요. 궁금하군요. 누가 내 목을 베러 올지. 만약 그가 또 다른 흑성이라면 그는 절대 제 목을 베지 못할 겁니다. 장담하지요."

"광오하군."

"시험해 보셔도 좋습니다."

궁비영이 단호하게 말했다.

"맹에는 흑성만 있는 것이 아니네."

"물론 그렇겠지요. 무공으로 볼 때 맹에는 금패의 흑성보다 강한 자가 모래알처럼 많을 것입니다. 그러나 우리 흑성은 바로 그런 사람들을 베기 위해 양성된 것이지요. 아시잖습니까?"

"이토록 무모한 자인 줄 몰랐군."

곽묘랑이 고개를 젓는다.

"무모한 것이 아니라 살기 위해 이러는 것입니다. 죽을 것이 두려워 불속에 뛰어든다면 결국 죽기밖에 더 하겠습니까? 흑성이 되는 순간 결심했지요. 허무하게 쓰이는 칼받이는 되지 않겠다고. 절 흑성으로 쓰고 싶다면 맹에서 먼저 흑성에 대한 예의를 지켜야 합니다."

"흑성에 대한 예의?"

"그렇습니다. 흑성의 신분에 대한 비밀을 지켜줘야 한다는 거지요. 그런데 맹은 그걸 어겼습니다. 한낱 표국의 표두에게조차 우리의 존재를 알렸으니 말이지요."

궁비영의 추궁에 곽묘랑이 대답을 하지 못한다. 생각보다 일이 심각하다는 것을 그녀는 이제야 깨닫고 있었다. 궁비영의 추궁은 정당했다.

"그러니 만약 계속 이 일을 맡기시려면 이번 일에 관한 모든 정보를 주십시오. 그러지 않는다면 그냥 표행의 본대와 함께 사천으로 귀환하겠습니다. 그게 본래 제게 주어진 맹의 명이 아닌가요? 소국주를 호위하는 것 따위는 계획에 없었지요."

궁비영이 물었다. 그러자 곽묘랑이 한참 궁비영을 노려보다 입을 열었다.

"소국주는 봉황문주의 문외제자일세. 그리고 얼마 전부터 당가와 혼담이 오가고 있지. 물론 이 사실은 강호에 알려지지 않았네."

곽묘랑의 대답을 듣는 순간 궁비영은 허탈한 느낌이 들었다. 손에 맥이 빠진다. 목숨의 위협을 감수하며 알아낸 비밀치고는 너무나 가치가 없다.

그러자 다시 분노가 솟구친다. 그따위 것을 감추려고 자신을 협박한 곽묘랑의 행동을 참을 수가 없었다. 그리고 다시 흑성이란 존재가 구천맹에서 어떤 위치인지 뼈저리게 느껴진다.

'흑성은 구천맹도가 아니다. 단지 도구일 뿐. 아버지도 이렇게 돌아가셨던가!'

문득 궁도요가 떠오른다. 혈맹록에 적힌 약속을 믿고 제룡가 사대외가로의 화려한 복귀를 꿈꾸다가 이렇게 쓰이고 또 버려졌을 거란 생각에 가슴이 쓰려왔다.

"후욱!"

궁비영은 숨을 크게 들이쉬었다. 그러자 곽묘랑이 물었다.

"이제 되었나?"

"됐습니다."

궁비영이 지금보다 훨씬 더 차갑게 대답했다.

"만족한 표정은 아니군. 듣고 보니 별것 아니라서 그런가?"

"그렇습니다. 이 별것 아닌 사실을 알기 위해 목숨까지 위협받아야 한다는 것이 참······."

궁비영이 말을 하다 말고 천천히 창 쪽으로 걸어갔다. 그리고는 다시 입을 열었다.

"소국주와 동행하지요. 그런데 확실히 해둬야 할 것이 있습니다."

"또 뭔가?"

"우리 임무가 소국주를 지키는 것입니까, 아니면 마천의 잔당을 끌어내는 것입니까?"

"그야 당연히 마천의……."

곽묘랑이 말을 하다 말고 입을 닫았다. 그녀의 대답 여하에 따라 궁비영이 이끄는 흑성 삼조의 행보가 완전히 달라질 것을 깨달았기 때문이다.

"말씀해 주십시오. 둘 중 하나를 선택해야 하는 순간이 온다면 어느 쪽을 선택하면 됩니까? 이야말로 맹에서 확실히 해주셔야 할 문제인 듯합니다."

궁비영은 재차 곽묘랑에게 대답을 요구했다. 그러자 곽묘랑이 궁비영을 노려보다 대답했다.

"물론 마천의 잔당을 찾아내는 것이 먼저네. 하지만 사람의 목숨 역시 중한 것이니 소국주의 안위에도 특별히 신경을 써주기 바라네."

"그건 개인적인 부탁으로 알아듣지요. 일단은 마천의 흔적을 찾는 일에 주력하겠습니다."

궁비영이 대답했다.

"알겠네. 그럼 난 그만 가보겠네."

"맹에서도 뒤를 따릅니까?"

궁비영이 객방을 나가려는 곽묘랑에게 물었다. 그러자 곽묘랑이 잠시 망설이다가 대답했다.

"아마도 그럴 걸세."

하기 싫은 대답을 한 사람처럼 곽묘랑이 뒤도 돌아보지 않고 문밖으로 사라졌다. 그러자 중광이 걱정스런 표정으로 궁비영을 보며 물었다.

"왜 그래?"

"뭐가?"

"너답지 않게 흥분해서는……. 위험한 짓을 했어. 맹에서 오늘 네 행동을 심각하게 받아들일 거야."

"후후, 그래 봐야 죽는 것보다는 낫지."

궁비영이 퉁명스레 대답했다.

"무슨 소리냐? 맹의 명을 거부하려는 것을 트집 잡아 널 위협할 수도 있는데."

"그래서 네가 멍청하다는 거야."

"이런 망할 놈! 지금 그런 소릴 할 때냐?"

"이놈아, 잘 드는 칼은 본래 슬쩍 손을 베어도 버리는 법이 아니야. 대신 조심해서 다루지. 사람들이 언제 칼을 버리는지 알아?"

"언젠데?"

"날이 무뎌졌을 때, 다시 갈아 날을 세울 수 없을 때, 그때 사람들은 주저 없이 칼을 버리지. 내가 조금 지나치게 대들기는 했어도 금패의 흑성이다. 그것도 날이 제대로 선 흑성이지. 날 버리겠냐? 써먹을 데가 얼마나 많은데."

궁비영이 벌렁 침상에 누우며 말했다.

"그렇기는 하지만 나중에 문제가 될 수는 있겠지. 일부러 사지로 보낼 수도 있고."

"물론 그럴 수도 있지만 이렇게 강하게 반발을 해놨으니 앞으로 웬만한 것은 숨기지 않을 거야. 물론 그렇다고 모든 걸 말해주지는 않겠지만 그래도 소국주의 신상 내력 따위를 숨기는 짓은 하지 않겠지."

"하긴, 쌍! 그건 너무했어!"

"소국주가 도도하게 나오는 데는 다 그 이유가 있었던 거지."

"그럴 만하지. 봉황문주의 제자에 사천당가의 며느릿감으로 여겨진다면 말이야."

"더군다나 그런 자신의 지위를 최대한 이용할 줄 아는 여인이기도 하고. 영악한 면이 있어!"

"그래도 뭐, 예쁘긴 하더라!"

"가시가 많아."

궁비영이 냉정하게 말했다.

"네 말이 맞다. 그녀의 내력을 들으니 생기던 정도 없어진다. 참으로 복잡한 세상이야. 그런데 그녀는 도대체 어디로 가려는 걸까? 왜 본대와 떨어져서 이동하려는 거지?"

"그거야말로 기다려 보면 알게 되겠지."

산중턱에 오르니 납살의 성내 곳곳에 세워진 사원들이 눈에 들어온다. 그 흰 벽의 신령스러움이 떠나는 자의 발걸음을 잡는다. 그러나 떠날 자는 결국 떠나야 한다.

그렇게 며칠 머물던 납살을 내려다보던 일행이 서둘러 걸음을 옮기기 시작했다. 일행이라야 겨우 열둘이다. 자신을 시중들던 시녀까지 표행의 본대에 남겨놓고 온 위소아다. 이 행로에 대한 은밀함이 드러나는 행동이다.

궁비영과 중광이 이끄는 오대의 흑성들은 그렇게 소국주 위소아가 비밀리에 조직한 잠행의 무리에 속해 납살을 떠났다.

＊　　　　＊　　　　＊

설산을 지나고 메마른 바위 계곡도 지났다. 바닥에 깔리듯 자란 풀조차 반가운 여행길이 보름 동안 이어졌다. 얼추 계산해 보면 납살보다는 사천에 가까운 것이 확실했다.

그리고 그즈음 위소아는 또다시 궁비영 등이 당황할 만한 말을 꺼냈다.

"지금부터 오대는 이곳에서 기다리세요."

"혼자 가겠다는 말씀이십니까?"

곽건상이 놀란 표정으로 물었다.

"혼자는 아니지요. 두 사람이 같이 갈 테니까요."

위소아가 사천부터 그녀를 호위하고 온 두 중년 무사 귀로와 서성을 가리켰다.

"그러나 두 사람으로는……."

"제 몸은 제가 지킬 수 있으니 걱정 마세요. 준비하세요."

위소아가 귀로와 서성에게 명을 내렸다. 그러자 두 사람이 고개를 숙여 보이고는 여섯 필의 말을 끌고 왔다. 납살부터 내내 궁금하게 여기던 의문이 풀리는 순간이다.

위소아는 납살에서부터 여러 필의 말을 끌고 왔다. 사람 수보다 많은 말을 굳이 잠행하는 길에 끌고 온 이유가 내내 궁금하던 궁비영이다.

그렇게 준비를 마친 위소아가 북쪽 설산을 향해 출발했다.

"이것 참, 바보가 되는 느낌이군."

중광이 멀어지는 위소아를 보며 말했다. 그러자 궁비영이 대답했다.

"우리야 좋은 일이지. 위험을 감수할 필요가 없으니."

"그게 무슨 말인가?"

궁비영의 말에 곽건상이 물었다. 그러자 궁비영이 실소를 흘리며 대답했다.

"몰라서 묻는 겁니까? 이번 표행에 그 이상의 목적이 있다는 걸 알고 있지 않습니까?"

이미 자신들이 흑성임을 알고 있는 곽건상이다.

마천이 표행을 주시하고 있다면 어디서든 그들이 나타날 수 있고, 만약 위소아의 잠행을 눈치챘다면 더더욱 이 좋은 기회를 놓칠 리 없을 것이다.

"음……."

궁비영의 말을 못 알아들을 곽건상이 아니다. 그가 잠시 생각에 잠겼다가 입을 열었다.

"따라가야 한다고 생각하는가?"

"그야 내가 고민할 문제는 아니고, 나로서는 남는 것도 나쁘지 않지요."

곽건상에게 궁비영 일행은 표사로서의 신분이 사라진 지 오래였다. 그러니 이제 위소아의 안위를 지키는 일은 궁비영 등 흑성의 일이 아니라 곽건상 등 청마표국 표사들의 일인 것이다.

이제 와서 여전히 궁비영 등이 청마표국의 표사임을 주장하는 것은 아무리 낯 두꺼운 사람도 할 수 없는 고집이다.

"그들이 눈치챘을 것 같은가?"

그들이라면 둘 중 하나다. 사천 상계를 장악한 구화방의 조종을 받아 청마표국의 표행을 습격한 자들, 혹은 마천의 잔당이다.

물론 그 둘이 하나일 수도 있다. 하나라면 궁비영 등도 나몰라라 할 수 없는 일이 아니냐는 의미를 내포한 질문이다.

"그야 알 수 없는 일이지요. 그러나 적어도 호락호락한 자들은 아닐 겁니다."

"음, 좋아. 우리도 간다."

곽건상이 결심을 굳히고 자리에서 일어났다.

"하지만 소국주님의 명이……?"

오대의 표사이자 곽건상의 심복 복계가 물었다.

"소국주가 위험할 수 있으니 안심할 수 없다. 소국주께서 동행을 원치 않은 것은 우리가 소국주님이 하시는 일을 모르길 바라기 때문이니 멀리서 따르면 그뿐이다. 나로서는 만약의 경우를 대비하지 않을 수 없다. 따라라!"

곽건상이 명을 내렸다.

"알겠습니다."

복계가 대답을 하고는 자리를 털고 일어났다. 그러자 납살에서 가볍지 않은 부상을 입은 오대의 표사 위찬과 구호락 역시 복계를 따라 일어난다.

"함께 가세."

곽건상이 궁비영 등을 보며 말했다. 그러자 궁비영이 심드렁하게 대답했다.

"표두님의 명이라면 따라야죠. 모두 가세!"

궁비영의 말에 삼조의 흑성들이 제각기 병기를 챙기고 길 떠날 준비를 했다. 그 와중에 중광이 곽건상에게 물었다.

"어디로 갔는지는 알고 계십니까?"

"대충은……."

"후, 이런 산속에서 대충 길을 알아서는 엇갈릴 수가 있을 텐데. 그럼 더 위험해질 수도 있습니다."

"알고 있네. 하지만 길이 어긋날 걱정은 하지 않아도 되네. 모두 가세!"

곽건상이 조급한 기색을 드러내며 명을 내렸다. 그의 명에 따라 일행이 위소아가 간 방향으로 말을 몰기 시작했다.

높은 산의 눈이 녹아 만든 폭포가 멀리 보인다. 물 떨어지는 소리가 수십 리 밖까지 들린다. 거대한 폭포가 일으키는 물안개가 구름처럼 피어오른다.

'저곳이군.'

궁비영은 금세 위소아가 간 곳을 알아챘다. 비록 곽건상이 폭포에서 멀리 떨어진 곳에서 걸음을 멈추기는 했으나 위소아는 필경 폭포로 간 것이 분명했다.

곽건상이 걸음을 멈춘 곳은 멀리서도 폭포 주변을 소상하게 살필 수 있는 곳이니 궁비영의 추측이 틀릴 리 없었다. 더군다나 이 정도면 멀기는 해도 일단 일이 벌어진다면 언제라도 달려갈 수 있는 거리다.

"휴식을 취하되 긴장을 늦추지 마라!"

곽건상이 긴장한 표정으로 명을 내렸다. 그러자 오대의 표사들이 이곳저곳으로 흩어져 휴식을 취하기 시작했다. 물론 그러면서도 몸에서 검을 떼어놓지는 않았다.

그렇게 얼마를 쉬었을까. 문득 곽건상이 몸을 일으켰다. 그리고는 훌쩍 신형을 날려 주위에서 가장 높은 바위로 올라섰다.

"나왔나?"

다른 사람과 달리 너른 바위에 팔자 좋게 누워 있던 중광이 벌떡 일어나며 물었다. 궁비영이 말없이 손을 들어 폭포를 가리켰다. 그러자 과연 거대한 폭포의 물줄기 뒤에서 위소아와 그녀를 따라간 호위무사들이 말을 끌고 나오는 것이 보였다.

"폭포 뒤에 공간이 있군."

중광이 중얼거렸다.

"그것도 말을 끌고 들어갈 정도면 제법 큰 공간이란 이야기지. 말을 봐."

"음, 뭘 싣고 나오는데?"

"저걸 가지러 여기 온 것이었어."

"뭘까?"

"뭐, 숨겨놓은 금은보화쯤 되겠지."

"그걸 왜 저런 곳에……?"

"생각해 보면 납살에서 그 승려를 만난 이유는 바로 저 물건들을 찾기 위함인 듯싶어. 그 중만이 저곳의 위치를 정확히 알고 있었을 거야."

"그럼 그 중이 우리가 생각한 것보다 청마표국과 더 밀접한 관계가 있다는 거네?"

"그렇다고 봐야지."

"알 수 없는 일이군. 무슨 사연일까?"

"지금은 그게 중요한 게 아니다."

"응?"

중광이 무슨 소리냐는 듯 궁비영을 돌아봤다.

"우측 설산을 봐. 호랑이 모양을 한 바위 근처."

"호랑이 모양의 바위? 엇!"

"드디어 때가 된 모양이다."

"그러게 말이야. 이제야 나타났네. 아유, 이거 막 긴장이 되네. 마천의 종자들일까?"

중광이 엄살을 떤다.

"알 수 없는 일이지. 그걸 알아보자고 우리가 표사 노릇을 한 것 아니겠냐?"

"놈들이 소국주를 공격할까?"

"반드시. 그렇지 않다면 이곳에 왔을 리가 없다."

"하긴."

중광이 고개를 끄떡였다. 그러자 궁비영이 자리에서 일어나 훌쩍 몸을 날려 곽건상 옆으로 다가갔다.

"무슨 일인가?"

곽건상이 물었다. 아직 불청객이 출현한 걸 모르는 모양이다.

"그들이 왔습니다. 준비를 해야 할 듯합니다."

"그들?"

곽건상이 놀란 표정으로 되물었다.

"오른쪽 산의 호랑이 바위 근처에 있습니다."

"음!"

곽건상이 긴장한 기색을 드러내며 시선을 돌렸다. 노련한 표두이므로 그 역시 금세 불청객의 존재를 알아챘다.

"그토록 신중하게 잠행을 했건만 여기까지 따라오다니. 역시 우려가 사실인가?"

"열 명이 넘는 인원과 수십 필의 말이 움직였습니다. 어찌

행적을 숨길 수 있겠습니까?'

"애초부터 무리한 계획이었다는 건가?"

"일단 대책부터 세우시죠."

궁비영이 말했다. 그러자 곽건상이 고개를 끄떡이고는 다시
한 번 호랑이 바위 근처를 살피면서 말했다.

"마중을 나가야 할 것 같군. 움직일 기세야."

"우린 왼쪽 산 능선을 따라 우회하겠습니다."

그러자 곽건상이 생경한 시선으로 궁비영을 바라본다.

"우리?"

"아시지 않습니까?"

"도와주지 않겠다는 건가?"

"그들을 끌어내겠다는 거지요. 우리에게도 해야 할 일이 있
으니."

"매정하군."

곽건상이 실망한 표정으로 말했다. 그러자 궁비영이 차갑게
응대한다.

"이 모든 일은 이미 예상하고 있던 것 아닙니까?"

"그렇기는 하네만……."

"늦지는 않을 겁니다."

궁비영이 곽건상과 더 이상 할 말이 없다는 듯 훌쩍 바위에
서 내려서며 함께 청마표국에 들어온 흑성들을 불러 모았다.
흑성들은 다른 때와 달리 기민한 움직임으로 궁비영의 곁으로
모여들었다.

"갑시다. 움직일 시간이오."

궁비영이 말을 하고는 지체하지 않고 바위 무성한 산비탈로 향했다. 그러자 흑성들이 그의 뒤를 따르기 시작했다. 그런데 놀랍게도 그들은 채 이십여 장을 전진하기도 전에 남아 있는 청마표국의 표사들 눈에서 사라졌다. 드디어 궁비영 등이 표사에서 흑성으로 돌아온 것이다.

"대체 저들은 누굽니까?"

이미 궁비영 등이 평범한 표사가 아님을 눈치채고 있는 복계다. 그러자 곽건상이 고개를 저으며 말했다.

"알려 하지 말게. 저들이 누군지 안다는 것은 그만큼 자네가 위험해진단 뜻이니까. 그냥 세상에 드러나면 안 되는 자들이라고만 알아두게. 그러니 향후 오늘 이곳에서 겪은 일들은 함구해야 할 걸세. 자, 우리도 가세. 소국주님을 마중해야지."

곽건상이 말에 오르며 말했다. 그리고는 지체하지 않고 폭포가 있는 곳으로 말을 달리기 시작했다.

"보통 놈들이 아닙니다!"

위소아를 지키는 두 명의 호위무사 중 귀로가 긴장한 채 검을 뽑아 들며 말했다.

두두두!

멀리서 곽건상 등 오대의 표사들이 달려오는 모습도 보인다. 그나마 위소아 등을 안심시키는 일이다. 그러나 곽건상이 이끄는 오대의 모습이 확연하게 드러났을 때 위소아의 얼굴이 일그러졌다.

"그들은 관여치 않겠다는 건가?"

위소아의 목소리에서 언뜻 분노의 감정이 느껴진다. 아마도 궁비영 등이 보이지 않는 것에 실망한 모양이었다.

"어차피 외인이 아닙니까?"

이번에는 호위무사 서성이 말했다. 그러자 위소아가 고개를 저었다.

"외인이기는 하지만 그들도 이번 일을 간과할 수 없는 사람이에요. 이 일을 위해 청마표국에 왔으니까."

"하지만 지금은 그들의 도움을 기대하고 있기에는 상황이 급박합니다. 놈들이 움직였습니다."

서성의 말에 위소아가 시선을 돌렸다. 과연 앞쪽의 산에 나타났던 자들이 위소아를 향해 무서운 속도로 달려 내려오기 시작했다.

두두두!

두 방향에서 두 무리의 사람이 질주했다. 그러나 두 무리의 성격은 전혀 달랐다. 한쪽은 위소아를 위해서, 다른 한쪽은 위소아를 공격하기 위해서 달리고 있었다.

"어때?"

커다란 바위 뒤에서 중광이 물었다.

"나쁘지 않군."

"젠장, 무슨 대답이 그래?"

"하수들은 아닌데 그렇다고 아주 고수들도 아니야. 하지만 표사들로서는 감당하기 힘들 것 같아."

궁비영이 대답했다.

"봉황문주의 제자라면?"

"지금으로 봐서는 충분히 감당할 수 있을 것 같은데, 두고 보자고."

궁비영의 말에 지금까지 침묵을 지키고 있던 갈류가 물었다.

"내려가지 않을 생각이오?"

"일단 상황을 좀 더 지켜봅시다."

"그러나 그리되면 소국주 일행이 위험할 수 있소이다."

"본래 강호의 일이란 게 언제나 위험을 감수해야 하는 법 아니오? 지금 우리가 내려가면 우리 역시 한 가지 위험을 감수해야 하오."

궁비영이 대답했다.

"무슨 위험 말이오? 저들을 상대하기 두렵다는 것이오?"

갈류가 못마땅한 표정으로 물었다. 다른 흑성들은 궁비영, 중광과는 조금 다른 사람이다. 그들은 맹에 대한 충성심이 군건했다. 그러니 마천의 잔당일 수도 있는 자들이 모습을 드러낸 이때 그들이 두려워 숨을 수만은 없는 일이었다.

"저들이 두렵다는 것이 아니라 우리 임무를 완수하지 못할까 그게 두려운 거요."

"무슨 말인지 알아듣지 못하겠구려."

갈류가 여전히 못마땅한 표정으로 되물었다.

"우리의 임무가 뭐요? 우리 목표는 소국주를 지키는 것이 아니라 청마표국을 공격한 자들의 배후에 마천의 잔당이 있는지 알아보는 거요. 그런데 지금 나타난 저자들은 제법 대단한 무공을 가진 듯 보이지만 그래도 마천의 마두들로 보기에는 무리가 있소. 진짜는 나타나지 않은 거요."

궁비영의 냉정한 말에 갈류의 기세가 조금 수그러졌다. 그러나 여전히 소국주 위소아를 내버려 두는 것은 불만인 모양이었다.

"그러다가 소국주 일행이 저들에게 몰살당한다면 그 배후의 인물들도 나타나지 않을 것이오."

"그럴 걱정은 없소. 앞서 말했지만 그녀는 봉황문주의 문외 제자요. 그런 그녀에게 저자들을 상대할 힘이 없겠소?"

"음, 그 말이 정녕 사실이란 말이오?"

"믿을 만한 사람에게 들은 것이니 믿어도 좋소."

궁비영은 갈류 등에게는 삼관주 곽묘랑이 찾아온 것을 말하지 않았다. 대신 맹에서 소식이 왔다는 정도로 말해둔 상태이다.

그러나 어쩌면 갈류 등도 곽묘랑을 만났을 수 있었다. 맹의 행사로 보건대 그들이 삼조의 흑성을 온전히 궁비영의 지휘 아래 두고 있는 것인지 의심이 갔다.

흑성 한 명 한 명에게 다른 임무가 주어졌을 가능성은 충분했다. 그래서 지금 궁비영이 믿을 수 있는 사람은 오직 한 명, 중광밖에는 없었다.

"드디어 만났군."

갈류와의 말씨름이 오래가지는 않았다. 중광의 목소리가 두 사람의 관심을 다른 곳으로 돌렸기 때문이다. 궁비영이 시선을 돌렸다. 그러자 산에서 내려온 불청객들이 위소아를 반달 모양으로 에워싸는 것이 보였다.

"좀 더 앞으로 가야겠소."

궁비영이 명을 내리고는 자신이 먼저 움직였다. 그러자 흑성들이 소리 없이 앞으로 전진했다. 적에게 모습을 들킬 염려는 없었다. 흑성들은 동패의 흑성이라 할지라도 천환을 수련해 이관을 통과한 자이기 때문이다.

"누구냐?"

위소아의 호위무사 귀로가 앞으로 나서며 물었다. 그러자 검은 복면을 한 자 중 한 명이 응대했다.

"말과 짐을 놓아두고 간다면 불상사는 없을 것이다."

"정체를 밝혀라!"

귀로가 추상같이 호령했다.

"말은 필요 없다. 너희가 선택할 수 있는 길은 오직 하나다. 죽느냐 사느냐, 이 둘 중 하나를 선택하면 된다."

"이놈들! 감히 청마표국을 능멸하려 들다니!"

"좋아, 죽는 길을 택한 것으로 알겠다! 쳐라!"

복면인들의 행보는 거침이 없었다. 굳이 위소아 일행을 설득하려 하지도 않았다. 어쩌면 이들은 애초부터 위소아 일행을 모두 죽일 생각을 가지고 있었는지도 몰랐다.

"청마표국이 어떤 곳인지 오늘 보여주겠다."

귀로가 검을 들어 위소아 앞을 가려 서며 말했다. 불청객들은 더 이상 대꾸를 하지 않고 위소아 등 세 사람을 향해 달려들었다. 순식간에 곤륜의 깊은 산속에서 난전이 벌어졌다.

차차창!

계곡 가득 도검 부딪치는 소리가 작렬했다. 그 소리가 거대한 폭포의 울음조차 집어삼키는 듯했다. 그리고 모든 사람이 놀랄 일이 벌어졌다. 그건 바로 위소아의 검이었다.

한 자루 검이 하늘을 유영한다. 어찌 보면 봄날 바람에 날려 떨어지는 도화꽃처럼 부드럽고 유연하다. 하물며 그 검을 든 사람이 아름다운 여인이니 보는 사람으로 하여금 금세 검무에 취하게 만드는 신비로움이 있었다.

그러나 그 검무의 아름다움에 취한 것이 적이라면 그는 그 순간 죽음과 입맞춤을 하게 될 것이다.

팟!

"큭!"

검이 한줄기 광채를 일으키며 복면인의 목을 스치고 지나갔다. 그러자 위소아를 공격하던 복면인이 그 자리에 쓰러져 절명했다.

하늘과 땅을 아름답게 수놓던 검무에서 흘러나온 살초는 그 어떤 살수의 검보다 무섭고 매정했다.

"계집을 조심해라!"

무리의 우두머리인 듯한 자가 뒤쪽에서 싸움을 지켜보고 있다가 수하들에게 경고했다. 그러자 불청객들이 무모하게 혼자 위소아에게 달려드는 대신 연환 공격으로 위소아 등 삼 인을 공격하기 시작했다.

산에서 내려온 자는 모두 이십여 명. 비록 위소아와 그녀를 따르는 두 호위무사의 무공이 예상보다 뛰어나다고 해도 스무 명의 적이 펼치는 연환 공격을 모두 받아내는 것은 무리였다.

그러나 위소아 등에게 당장 필요한 것은 적을 베고 물리치는 것이 아니었다. 그들에게 필요한 것은 잠깐의 시간이었다. 그리고 그들은 그 정도 능력은 충분히 가지고 있었다.

"이놈들!"

호랑이 같은 외침과 함께 표두 곽건상이 세 명의 표사와 함께 적들을 덮쳤다. 그러자 위소아 등을 공격하던 적의 진영이 단숨에 흐트러졌다. 순간 위소아의 검이 다시 허공에서 춤을 췄다.

파팟!

연이어 두 명의 적이 목과 가슴을 부여잡고 쓰러진다.

일격필살!

아름다운 여인의 손끝에서 펼쳐지는 살수는 그 어떤 마두가 펼치는 살수보다 소름 끼치고 무서웠다.

"제법이구나! 그러나 결국 너희는 이곳을 벗어날 수 없다!"

한순간 뒤쪽에서 수하들을 지휘하고 있던 자가 무거운 도를 들고 앞으로 달려 나왔다. 그의 양옆으로 두 명의 무사가 삼각형을 이루며 싸움에 뛰어들었는데 그들이 등장하는 순간 싸움의 양상이 또 변했다.

콰릉!

강력한 도기가 위소아의 몸에 떨어졌다. 순간 위소아가 날렵하게 몸을 틀어 상대의 공격을 피해냈다. 그러나 다음 순간 두 개의 검초가 다시 위소아의 양쪽 옆구리를 파고들었다.

"흡!"

위소아가 급히 숨을 들이쉬며 재빨리 뒤로 물러났다. 그러나 적은 물러나는 위소아를 그대로 두지 않았다.

삼 인의 복면인이 한 치의 여유도 주지 않고 위소아를 몰아붙였다. 그렇다고 다른 청마표국의 표사들이 위소아를 도와줄 수도 없었다. 그들도 수십 명의 적으로부터 자신의 몸을 지켜야 하기 때문이다.

"이래도 나서지 않겠소?"

계속해서 수세에 몰리는 위소아를 보며 갈류가 궁비영에게 물었다. 그러자 궁비영이 못마땅한 표정으로 중얼거렸다.

"제길, 생각보다 약하군. 적어도 뒤에 있는 자들을 불러낼 실력은 될 줄 알았는데…… 봉황문주의 제자라더니 그것도 별거 아니었어. 모두 갑시다. 일단 싸움에 뛰어들면 단번에 밀어버려야 하오. 시간을 끌어 좋을 일은 없으니까."

"알겠소이다!"

흑성들이 일제히 대답했다.

"좋소, 그럼 시작해 봅시다."

궁비영의 말이 끝나는 순간 다섯 명의 흑성이 그 자리에서
사라졌다.

제3장
마천의 그림자

　"놈은 내 몫이다!"

　중광이 궁비영을 날아 넘으며 소리쳤다. 일단 적이 나타난 이상 흑성들은 더 이상 본신의 무공을 숨길 필요가 없었다. 하긴, 이미 비밀 아닌 비밀이 되어버린 신분이기도 했다.

　"조심해! 보통 놈이 아냐!"

　중광의 뒤에서 궁비영이 급히 외쳤다.

　"걱정 마라! 저따위 마졸쯤이야!"

　"명줄은 살려놔야 해!"

　"알았어!"

　다시 중광의 대답이 들리는 순간 이미 그의 신형은 위소아를 위기에 몰아넣고 있는 복면인들을 덮쳐 가고 있었다.

파팟!

중광의 손에서 세 개의 암기가 날아갔다. 허공으로 떠오른 암기들이 교묘하게 교차하더니 한순간 빛살처럼 공기를 갈랐다.

위소아를 공격하고 있던 흑의인들이 갑작스런 암기의 공격에 놀라 훌쩍 뒤로 물러났다. 그러자 암기들이 빈 허공을 가를 듯하다가 놀랍게도 곡선을 그리며 휘어져 물러나는 복면인들에게 따라붙었다.

"보통 놈이 아니구나!"

흑의인들의 우두머리 입에서 놀란 목소리가 흘러나왔다. 동시에 그의 도가 허공에서 번쩍였다.

"쩡!"

날카로운 충돌음이 일어나며 그를 향해 닥쳐들던 암기가 허공으로 치솟았다.

"음!"

암기를 막아내긴 했으나 암기에 실린 무지막지한 힘에 밀려 복면인이 다시 두어 걸음 뒤로 물러났다.

"웬 놈들이냐?"

여유를 주지 않고 자신을 향해 닥쳐 오는 중광을 보며 흑의인이 소리쳤다. 그러자 중광이 음산한 웃음과 함께 대답했다.

"흐흐흐, 얼굴 가린 놈들이 물어볼 말은 아닌 것 같구나. 받아랏!"

중광의 신형이 다시 한 번 도약하며 머리 위로 들어 올린 도를 벼락처럼 내려쳤다. 그러자 그의 도에서 세상을 절단 낼 것 같은 굉음이 일어났다.

쿠왕!

북산 제룡가의 십팔외가 중 중광의 가문인 격포 중가의 비전 무공은 천왕도법이라 불리는 십이 초의 무지막지한 도법이다. 중가의 혈손들은 대대로 신력을 타고났기에 다른 사람들은 엄두도 내지 못할 강력한 도법들을 수련했다.

물론 공력을 수련하면서 가미된 내공의 힘은 천왕도법을 더욱더 무서운 도법으로 만들었는데, 다만 한 가지 단점이 있다면 힘의 소모가 지나쳐서 장기전에는 큰 약점을 지니고 있다는 것이다.

"이놈이……!"

벼락이 떨어지는 것 같은 중광의 공격에 복면인이 당황하면서도 얼른 도를 들어 중광의 도를 막았다.

콰앙!

두 사람 사이에서 천지를 뒤흔드는 굉음이 일어났다. 그 충격이 얼마나 강력했는지 싸우던 자들이 일순 손을 멈추고 두 사람을 바라볼 정도였다.

쿵쿵쿵!

중광의 공격을 막아낸 복면인이 대여섯 걸음 뒤로 물러났다. 중광은 자신이 떨어져 내린 그 자리에 우뚝 서 있었는데 그의 다리가 발목까지 땅속에 박혀 들어가 있다.

"제법이구나. 내 도를 막아내다니!"

중광이 조금은 놀란 시선으로 복면인을 바라봤다. 그로서는 필살의 일격을 가한 것이기에 반드시 이 일수로 적이 무너질 거라 생각했다. 그런데 그가 자신의 공력을 막아냈으니 중광으로서도 놀라지 않을 수 없었다.

"살려두려고 일 푼의 힘을 거둬들인 것이 문제였을까?"

다시 중광이 중얼거렸다. 여전히 자신의 도가 적을 베지 못한 것이 못마땅한 표정이다.

그러는 사이 전장의 양상은 급변하고 있었다. 궁비영이 이끄는 흑성들의 움직임은 화려하지 않았다. 그러나 그들의 등장은 복면인들에게 치명적인 위협이었다.

스며들 듯 싸움터에 들어선 그들은 없는 듯 있는 듯 움직이면서도 빠르게 복면인들을 베어 넘겼다. 수법도 다양했다. 암기와 도검, 혹은 적수공권으로도 적을 제압했다.

더군다나 그들의 우두머리는 중광의 무지막지한 공격을 상대하느라 미처 싸움의 정세가 변한 것을 모르고 있었다.

퍽!

한 자루 비도가 날아와 위소아를 공격하고 있는 복면인의 등에 꽂혔다. 그러자 급소를 맞은 복면인이 신음 소리도 내지 못하고 그 자리에 고꾸라졌다.

"괜찮습니까?"

비도로 적을 제거한 궁비영이 불쑥 위소아 앞에 나타나며 물었다. 그러자 위소아가 가볍게 한숨을 내쉬고는 대답 대신 먼저 싸움터를 돌아봤다. 흑성들의 가세로 위기는 지나가고 오히려 이젠 승기를 잡아가고 있는 상황이었다.

"난 괜찮아요."

그제야 위소아가 대답했다.

"다행이군요."

궁비영의 대답도 심드렁하다. 그러자 위소아가 그런 궁비영을 보며 차갑게 물었다.

"생각보다 늦었군요."

"아니지요. 오히려 빠른 것이지요."

궁비영이 고개를 젓는다.

"무슨 말인가요?"

위소아의 얼굴이 더욱 차갑게 굳었다. 궁비영 등이 일찍 나타났다면 싸움은 좀 더 수월했을 것이다. 그런데 그들이 늦게 나타나는 바람에 그녀 자신은 물론 표국의 표사들도 제법 깊은 부상을 입고 말았다.

"우리가 왜 이곳에 왔는지 아시지 않습니까?"

궁비영이 냉정하게 말했다.

"그것은……."

위소아가 반박하려다 말고 입을 닫았다.

그녀도 알고 있다. 궁비영 등이 사천 상계에 벌어진 일이 마천의 잔당에 의해 일어난 일인지 조사하기 위해 나왔다는 것을. 그 목적을 생각하면 확실히 궁비영 등의 등장은 이른 면이 있었다.

더군다나 비록 위소아 등을 공격했지만 이 복면인들이 마천의 잔당이라고 보기엔 무리가 있었다. 비록 몰락했지만 마천은 아직도 강호 무림인들에겐 공포의 대상이다. 그들의 괴이막측한 무공과 독랄한 행보는 사람들의 상상을 뛰어넘는 것이었다.

그런 면에서 본다면 오늘 위소아를 공격한 자들은 마천의 잔당이라고 하기에는 약한 면이 있었다. 물론 지금 중광이 상대하고 있는 무리의 우두머리를 제외하고는 말이다.

"일단 싸움을 끝냅시다."

궁비영이 냉정하게 말하고는 신형을 돌렸다. 그리고는 다시 싸움터로 뛰어들었다. 그런 궁비영을 보며 위소아가 살짝 입술을 깨문다. 그녀의 입에서 나직한 한줄기 비웃음이 흘러나왔다.

"그래 봐야 일개 흑성일 뿐인 주제에……."

궁비영은 교묘하게 싸움을 피해 앞으로 전진했다. 적은 이미 반 이상 쓰러져 있었다. 그러나 그 와중에 청마표국 표사들의 희생도 생겨났다. 표두 곽건상의 심복 노릇을 하던 복계가 죽은 것이다.

위험하기는 다른 표사들도 마찬가지였다. 흑성들이 도움을 주고 있다고는 해도 적의 숫자가 아직은 너무나 많았다. 이럴 때 싸움을 빨리 끝내는 방법은 우두머리를 잡는 것이다.

궁비영은 여전히 중광과 싸우고 있는 복면인들의 우두머리를 향해 접근했다.

쿵쿵쿵!

중광은 연신 적을 몰아치고 있었다. 그의 도가 허공을 가를 때마다 복면인은 계속해서 뒤로 물러나고 있었다. 당장 중광의 도가 복면인의 목을 베어도 이상할 것이 없는 상황. 그러나 사실은 중광 역시 초조해지고 있었다. 복면인은 이런 상태로 이미 중광의 공격을 오십여 초나 막아내고 있는 것이다.

중광의 가전 무공 천왕도는 내력 소모가 극심한 무공이다. 싸움이 길어지자 신력을 타고난 중광 역시 지쳐 가고 있었다. 그렇다고 천왕도법을 쓰지 않을 수도 없었다.

다른 복면인들과 달리 중광이 상대하고 있는 우두머리는 흑성이라도 감히 경시할 수 없는 무공을 지니고 있었다. 처음 중광의 공격을 받을 때까지만 해도 그 기세와 힘에 밀려 금세 승부가 날 것 같았지만, 위기를 노련하게 넘기고 중광의 힘을 부드러움으로 피해내는 그의 실력은 시간이 지날수록 위력을 발휘하고 있었다.

한순간 중광의 눈에 이채가 서렸다. 언뜻 상대의 뒤쪽에 나타나는 흐릿한 인영을 보았기 때문이다. 그리고 그 순간 중광이 호랑이처럼 상대에게 달려들기 시작했다.

"내 몫이다!"

중광의 입에서 사자의 울음 같은 소리가 터져 나왔다.

순간 복면 사내의 눈빛이 크게 흔들렸다. 그 역시 자신의 등 뒤에서 느껴지는 싸늘한 기운을 알아챈 것이다. 그러나 그는 감히 뒤를 돌아볼 엄두를 내지 못했다. 자신을 향해 날아드는 중광의 기세가 너무나 강렬했기 때문이다.

"이놈들!"

뒤를 내어줄 수밖에 없는 복면인의 입에서 노성이 터져 나왔다. 복면인이 오른쪽으로 몸을 튕겨내며 중광을 향해 벼락처럼 도를 휘둘렀다.

쩌정!

그의 도와 중광의 도가 그대로 격돌했다. 그리고 다음 순간 복면인의 도가 그대로 부서졌다. 고수의 경우 싸움 와중에 적의 병기에 도검이 잘리는 경우는 간혹 있지만, 이렇게 도신이 부서져 버리는 경우는 극히 드물었다.

"큭!"

자신의 도가 처참하게 부서지는 모습을 바라보고 있던 복면인이 등 뒤의 뜨끔한 기운을 느끼고는 그 자리에 고꾸라졌다.

"이 자식아! 내 몫이라니까!"

중광이 어느새 적의 혈도를 제압하고 있는 궁비영에게 달려들며 소리쳤다. 당장에라도 도를 들어 궁비영을 칠 기세다.

"시간 없어!"

그런 중광을 향해 궁비영이 고개도 돌리지 않고 말했다. 싸움도 상대를 해줘야 벌어진다. 궁비영이 아예 상대도 하지 않겠다고 나오자 중광이 씩씩거리면서도 슬쩍 물었다.

"시간이 없다니, 무슨 소리야?"

"다른 자들이 나타났어."

궁비영의 말에 중광이 놀라 궁비영이 바라보고 있는 곳으로 시선을 돌렸다. 그러자 정말 남쪽 산에 다시금 일단의 무리가 모여드는 것이 보였다.

"진짜가 나타난 건가?"

중광이 노기가 씻은 듯이 사라진 표정으로 물었다.

"그런 것 같아."

"제길, 지금은 싸우기 어려울 것 같은데……."

중광은 지쳐 있었다. 그뿐이 아니었다. 청마표국의 표사들 역시 모두 지친 상태였다. 이 와중에 공격을 받게 된다면 전멸을 면키 어려울 것이다.

"일단 갈 수 있을 데까지는 가야지."

궁비영이 말했다.

"도망을 가자고?"

"그럼 다른 수 있어?"

"하지만……."

중광이 주위를 돌아봤다. 여전히 싸움은 계속되고 있었다. 도주할 수 있는 상황이 아니었다.

"우두머리를 들고 쫓아버려!"

궁비영의 말에 중광이 퍼뜩 정신을 차렸다.

"맞아. 그런 수가 있었구나!"

중광이 얼른 땅바닥에 쓰러져 있는 복면인을 집어 들었다. 그리고는 사자 같은 소리로 외쳤다.

"이놈들! 두목이 잡혔으니 모두 도검을 버리고 항복해라!"

중광의 외침은 확실히 효과가 있었다. 장내에서 싸움을 하고 있던 복면인들이 중광의 호통에 놀라 싸움을 멈췄다. 그리고는 그의 손에 들린 자신들의 우두머리를 보고 잠시 주춤거리더니 이내 산 위로 도주하기 시작했다.

복면인들이 도주하자 몇몇 흑성이 그들을 추격하려는데 궁비영이 급히 그들을 말렸다.

"추격하지 마시오."

"하지만 놈들을 추격해야 정체를 알 수 있지 않소?"

갈류가 급히 물었다. 그러자 궁비영이 눈짓으로 남쪽 산 위에 나타난 자들을 가리키며 말했다.

"다시 올 거요. 이번에는 진짜들이 말이오."

궁비영의 말에 갈류가 남쪽 산을 바라보다가 얼굴을 굳혔다.

"좋지 않구려."

갈류도 위기를 직감한 모양이다.

"일단 이곳을 벗어나고 볼 일이오."

"가능하겠소?"

누가 보아도 도주는 불가능하다. 남쪽 산에 나타난 자들이 산 능선을 따라 이동하면 오히려 앞이 막힐 터였다.

"그렇다고 이곳에 머물 수는 없지 않겠소. 더군다나 표행의 주인이 움직이고 있지 않소."

궁비영이 어느새 말들을 챙기고 있는 위소아를 보며 말했다. 그러자 갈류가 고개를 저었다.

"참으로 강한 여인이오. 이 와중에도……."

"강한 건지 독한 건진 모르겠고, 일단 가봅시다. 가다 보면 다른 방도가 있을 거요."

"그건 또 무슨 말이오?"

갈류가 의아한 표정으로 물었다. 그러자 궁비영이 정색을 하며 되물었다.

"정말 몰라서 묻소?"

"……?"

"맹의 고수들이 이 표행의 뒤를 따르고 있소. 모르고 있었소?"

"그게 정말이오?"

갈류가 놀란 표정을 짓는다. 거짓 같지는 않다. 그렇다면 삼관주 곽묘랑은 이들을 만나지 않은 것이 분명했다.

'적어도 이들을 걱정할 필요는 없다는 거군.'

궁비영은 곽묘랑이 갈류 등을 만나지 않은 것에 왠지 마음이 놓였다.

"아마 죽을 일은 없을 거요. 갑시다."

"알겠소이다."

갈류가 고개를 끄떡였다. 다른 흑성들도 궁비영의 말에 생기를 찾은 모습이다.

"모두 서두르세요!"

멀리서 위소아의 목소리가 들린다. 그 소리에 궁비영과 흑성들이 움직이기 시작했다.

기이한 동행이 이어졌다. 적들은 쉽게 산에서 내려오지 않았다. 그렇다고 굳이 모습을 숨기지도 않았다. 그들은 골짜기를 따라 이동하는 청마표국의 표행과 일정한 거리를 두고 산능선에서 움직였다.

그런데 그럴수록 적의 공격이 없어 몸은 편했지만 마음은 더 불안해지는 것이 쫓기는 자들의 심사다.

"제길, 뭘 기다리는 거지?"

중광이 중얼거렸다.

"노련한 자들이야."

궁비영이 대답했다.

"무슨 소리냐?"

"이쪽에 숨어 있는 다른 일행이 있을 것을 대비해 공격을 늦추는 거야. 아마도 지금쯤 사방으로 사람을 보내 정탐을 하고 있을걸. 정탐이 끝나면 물러가든지 공격을 하든지 결정을 내리겠지."

"음, 그렇군. 그런데 맹의 고수들은 분명 따라오는 거겠지?"

중광이 불안한 표정으로 물었다.

"알 수 없지."

"알 수 없다니? 젠장, 없다면 우린 죽은 목숨이잖아?"

"그럴 리가 있냐? 도망가면 되지."

"뭐, 도망?"

"그래. 설마 흑성을 쫓아올 추격자가 있겠냐? 더군다나 곤륜의 이 깊은 산속에서 말이야."

"가만있자, 생각해 보니 그렇기는 하네."

중광이 고개를 끄덕인다.

무명도에서 흑성이 되기 위해 수련한 것들은 사실 적과 싸우는 방법보다 은밀히 접근하거나 혹은 도주하는 방법에 더 가까웠다. 월천보가 그러하고 환술 천환이 그러했다. 암기술 화우 역시 도주할 때 유용하게 쓸 수 있는 수법이었다.

"좋아, 우리야 걱정할 바가 없군. 문제는 소국주 일행인데, 어쩔 거야?"

중광이 마치 도주가 정해진 것처럼 물었다.

"최악의 경우에는 도와줄 수 없다. 여기서 그녀와 함께 죽을 수는 없는 일이니까. 따라온다면 살 수 있을 것이고 못 따라오면 죽겠지. 그런데 그녀가 저것들을 순순히 포기하고 따라오려 할까?"

궁비영이 표사들이 끌고 가는 말 등에 실린 짐을 보며 말했다. 한 마리에 두 개씩의 목함이 말 등에 좌우로 균형이 이뤄 실려 있다. 다섯 마리의 말에 실려 있으니 모두 열 개의 목함이다. 위소아가 폭포 속에서 가져온 목함들이다.

"도대체 뭐가 들었을까?"

"뭐, 금은보화가 아니겠어? 그러니 이곳까지 은밀히 온 것이겠지."

"그런데 이상하지 않아? 납살에서 그 중을 만난 것이 이곳의 위치를 알기 위함이었다면 왜 청마표국의 재물이 국주도 모르는 곳에 숨겨져 있었을까?"

"그야 낸들 알 수 있겠냐? 어쩌면 애초부터 청마표국의 것이 아니었을 수도 있겠지."

"그럼 왜 그 중이 청마표국에 재물들을 내주는데?"

"이놈아, 내가 그 속사정을 다 어떻게 아냐? 아무튼 수틀리면 도망갈 준비나 해."

"알겠다, 알겠어. 에구, 이거 도대체 이렇게 복잡한 표행이라니."

중광이 혀를 찬다. 그 말을 듣고 보니 궁비영도 의구심이 들었다. 청마표국에서 군이 이런 표행을 하는 이유를 알 수 없었다. 재물을 찾기 위한 것이라면 표행이 아니라 은밀히 사람 몇만 움직여도 되는 일이다. 그것이 숨겨진 보물을 찾아가는 데 훨씬 유리했다.

'무슨 속셈들인가?'

궁비영이 이 일에 관여된 자들의 마음을 가늠하는 와중에 갑자기 변화가 생겼다.

두두두!

이십여 필의 말이 먼지를 일으키며 산중턱에서 아래로 내달리기 시작했다.

"드디어 놈들이 움직였소!"

멀리서 갈류의 목소리가 들린다. 긴장한 기색이 역력하다.

"따라오지 않았다는 말인가?"

궁비영의 표정이 어두워졌다. 적이 공격을 시작했다는 것은 그들이 주변에서 구천맹 고수들을 발견하지 못했다는 말이다.

물론 구천맹의 고수들이 은밀히 몸을 숨겼을 수도 있지만 적이 근방의 지리에 밝은 자들이라면 쉽사리 그 눈을 피하기는 어려울 것이다.

"젠장, 안 온 모양인데?"

중광이 투덜거렸다.

"안 들켰을 수도 있고."

"그렇기는 하지만. 일단 싸울 거지?"

"놈들의 정체를 알아내는 게 우리 일이니까."

"그 일이야 이 작자를 닦달해도 알 수 있잖아?"

중광이 말 위에 너부러져 있는 복면인을 가리키며 말했다.

"도주하면서 이자까지 데려가긴 힘들어."

"음, 그렇긴 하네. 그런데 이놈 얼굴이나 좀 볼까?"

중광이 문득 사내의 머리에 씌워놓은 복면을 벗겼다. 그리고는 얼굴을 들춰보다가 이내 화들짝 놀란 표정으로 소리쳤다.

"죽었어!"

"뭐?"

"이자가 죽었어. 독단을 물었나 봐."

중광의 말에 궁비영이 얼른 말 위의 사내를 살폈다. 과연 사내가 입가에 피를 흘리며 죽어 있다.

"이거 생각보다 독한 자들이군."

"역시 마천일까?"

궁비영이 되뇌었다.

"놈들이 아니라면 독단을 물고 죽을 이유가 없지. 단순한 상 계의 싸움에서 독단까지 물겠어?"

중광이 대답했다. 그사이 적들은 이제 확연히 눈에 보이는 거리까지 다가와 있었다.

"장소는 우리가 정하지요!"

궁비영이 다가오는 적을 바라보고 있는 위소아를 향해 소리 쳤다. 그러자 위소아와 곽건상이 뒤를 돌아봤다.

"어차피 싸워야 한다면 지형의 유리함이라도 차지해야 하 지 않겠습니까? 이대로는 모두 죽음뿐입니다."

궁비영이 다시 말했다.

"어디가 좋겠어요?"

위소아가 물었다. 그러자 궁비영이 손을 들어 우측 비탈을 가리켰다. 뒤가 절벽처럼 가팔라 후방을 걱정할 필요가 없는 곳이다. 그러나 또한 도주할 길도 없다.

"퇴로가 없지 않은가?"

곽건상이 물었다.

"퇴로가 있다면 싸울 이유가 없지요."

궁비영이 퉁명스레 대답했다. 하긴 맞는 말이다. 퇴로가 있 다면 도주를 하지 이곳에서 적을 맞을 이유가 없었다. 그러니 지금으로썬 최대한 싸움에 유리한 장소를 찾는 것이 중요했 다. 그리고 중과부적의 경우 적과의 접점을 줄이는 것이 싸움 에 유리했다.

궁비영의 말에 위소아과 곽건상이 무슨 이야긴가를 나직하게 나누더니 이내 명을 내렸다.

"이동한다."

곽건상의 명이 떨어지자 청마표국의 표사들이 일제히 말을 몰아 산 아래로 이동했다. 그리고는 가능한 사방이 바위로 막힌 지형을 찾아 싸울 준비를 했다.

두두두!

청마표국의 표사들이 미처 대비를 하기도 전에 적이 밀려들었다. 이번에는 얼굴을 모두 드러낸 자들이다. 그 모습에 궁비영의 안색이 어두워졌다. 얼굴을 드러냈다는 것은 이곳에서 청마표국의 일행을 모두 죽이겠다는 의미일 것이다.

'더군다나 하나같이 고수야. 이건 정말 좋지 않군.'

말 위에서 오연하게 청마표국 표사들을 내려다보고 있는 자들은 그 눈빛만으로도 사람의 심장을 얼게 만드는 기도를 지니고 있었다. 고수인 것이다.

"그대가 청마표국의 소국주인가?"

문득 말 위에서 중년 사내가 입을 열었다. 마른 몸매에 날카로운 눈매를 가진 중년 사내의 얼굴에는 길게 자상이 나 있다. 그의 시선은 위소아를 바라보고 있었다.

"그렇다. 내가 청마표국의 소국주다. 너희는 누구냐?"

위소아가 두려움 없이 앞으로 나서며 대답했다.

"듣기로 청마표국의 소국주가 기재 중의 기재라 국주 위정

풍이 사내가 아니라 여인임을 한탄했다고 하던데 과연 강단이 있군."

사내가 고개를 끄떡이며 중얼거렸다.

"정체를 밝혀라!"

"이미 짐작하고 있을 텐데?"

"구화방의 사주를 받은 자들이냐?"

"사주라……. 누구의 사주를 받고 움직일 우리는 아니지."

"마천의… 마두냐?"

위소아의 목소리가 살짝 떨린다. 마천이란 이름은 아무리 강단 있는 사람도 두려움을 느끼는 이름이다.

"소국주, 생각보다 입이 걸군. 마두라니? 세상에 대한 식견이 조금이라도 있는 사람이라면 우리가 마두 소리를 들을 사람은 아니라는 것쯤은 알 텐데?"

중년 사내가 대답했다. 마천의 인물임을 굳이 부인하지 않은 그다.

"아, 정말 마천이구나!"

위소아가 나직하게 탄식했다.

"이미 우리의 정체를 짐작하고 있지 않았나?"

사내가 물었다. 그러자 위소아가 한순간 두려움을 억누르며 차가운 말투로 물었다.

"마천이 왜 본 표국을 공격한단 말이냐? 사천 상계의 일은 모두 그대들이 주도한 것이냐?"

"글쎄, 원하던 변화이기는 했지. 하지만 우리가 주도한 일은 아니다. 하지만 즐겁기는 하더군. 사천 상계는 본 천과 구원도 있으니……."

"구원이라니, 그게 무슨 말이냐?"

"몰랐나? 본 천이 천하의 육 할을 장악했을 때 수세에 몰린 구천맹에 은밀히 자금을 지원해 준 것이 바로 사천 상계야. 본래 사천삼상은 아주 오래전부터 마천과 제법 밀접한 관련이 있었지. 덕분에 사천의 상계를 장악할 수 있었고 말이야. 본 천의 도움이 아니었다면 사천삼상은 결코 사천의 거상으로 성장하지 못했을 것이다. 그런데 결국 우릴 배신하고 구천맹과 손을 잡았으니 어찌 구원이 없다고 할 수 있겠는가?"

"그, 그런… 그럴 리가 없다."

"소국주 그대가 봉황문주의 제자가 된 것이 우연이라고 생각하는가? 그건 거래야. 청마표국과 구천맹 간의 거래!"

중년 사내의 말투가 한순간 싸늘해진다.

"스승께선 나의 자질을 눈여겨보셨을 뿐이다. 그리고… 제법 나에 대해 많은 것을 아는 듯 보이지만 또한 모든 것을 아는 것은 아니다."

"하하하! 그렇다 한들 대봉황문에서 어찌 일개 표국의 여식을 제자로 거둘까? 진정 그리 생각한다면 소국주는 생각보다 어리석은 사람이군."

중년 사내가 호탕하게 웃음을 터뜨린다. 마천의 마두들은 음험하고 어두운 기운을 지니고 있을 거란 사람들의 예상을 뒤엎는 모습이다.

"원하는 게 뭐냐?"

위소아가 반발하듯 물었다.

"일단 그 물건을 좀 봐야겠군."

사내가 위소아가 폭포 안쪽에서 가져온 물건을 가리켰다. 그러자 위소아가 고개를 저으며 대답했다.

"불가하다!"

"후후후, 그대에게는 선택권이 없다!"

한순간 사내가 말 위에 앉은 채로 품속에서 암기를 꺼내 번개처럼 던졌다.

파아앙!

사내가 던진 암기가 진기의 꼬리를 만들며 무서운 속도로 말 위의 목함을 향해 날아갔다.

퍽!

암기가 정확하게 목함의 자물쇠에 격중했다. 그러자 자물쇠가 박살 나면서 목함의 뚜껑이 열렸다.

투투툭!

열린 목함에서 몇 개의 번쩍이는 물건이 땅에 떨어졌다. 사람들의 시선이 일제히 목함에서 떨어진 물건으로 향했다.

"아……!"

누군가의 입에서 탄성이 흘러나왔다. 땅에 떨어진 영롱한 색깔의 보석들은 천하에서 찾아보기 힘든 물건이었다.

"역시 보화였군."

중년 사내가 짐작하고 있었다는 듯 고개를 끄떡였다.

"물건을 챙겨요!"

위소아가 급히 명을 내렸다. 그러자 표사 위찬이 급히 보석을 목함에 주워 넣고는 뚜껑을 닫아버렸다.

"예전에 이런 일이 있었지. 서장의 젊은 승려가 구도를 위해 중원에 들어와선 부처님의 가르침은 따르지 않고 젊고 아름다운 여인과 사랑에 빠졌지. 당시 강호에는 한 가지 기물이 나돌고 있었는데, 그 옛날 서하국의 왕이 몽골의 기병들에게 나라를 빼앗길 때 재기를 위해 숨긴 보물이 있는 곳을 알려주는 장보도였지."

사내의 말에 위소아의 표정이 딱딱하게 굳어갔다. 사내는 그녀가 서장에 다녀온 이유를 정확하게 알고 있었다.

사내는 위소아의 표정이 변하는 것을 흥미롭게 바라보며 계속 말을 이었다.

"본래 그 여인과 중은 애초부터 이뤄질 수 없는 사이였지. 중은 여인을 사랑하나 구도의 길을 포기할 사람이 아니었고, 여인의 집안에서도 서장의 비루한 중에게 딸을 줄 생각이 처음부터 없었으니까. 여인은 그렇게 사랑하는 사람의 꿈과 완고한 집안의 반대에 부딪쳐 자신의 사랑이 현세에 이뤄질 수 없다는 것을 알고 절망했지."

"그만! 닥쳐라!"

위소아가 소리쳤다. 그러나 중년 사내는 자신의 이야기를 멈추지 않았다.

"이 재미난 이야기를 왜 여기서 멈추겠는가? 궁금해하는 사람이 이렇게 많은데."

사내가 주변을 돌아보며 말했다. 과연 청마표국의 표사들은 물론 마천의 고수들 역시 사내의 이야기에 귀를 기울이고 있었다. 아마도 마천의 고수들도 사내에게 이 이야기를 듣는 것은 처음인 모양이었다.

"여인은 사랑을 이룰 수 없다는 절망 속에 죽음을 선택했지. 그녀의 죽음에 서장의 중은 큰 충격을 받았다. 부처의 도를 구하겠다는 자신이 한 여인의 목숨을 앗았으니 당연히 그럴 수밖에. 그래서 중은 중원에서의 구도를 포기하고 서장으로 돌아갔다."

비통한 이야기를 사내는 싱글거리며 했다. 궁비영은 그 모습을 보며 사내가 무척 잔인한 심성을 지니고 있다는 것을 알아챘다. 사내의 이야기는 계속되었다.

"서장의 중은 중원을 떠나기 전에 두 사람 사이를 유일하게 인정해 준 여인의 오빠에게 한 가지 선물을 주려 했지. 바로 당시 강호를 떠들썩하게 만든 서하왕의 보물. 그는 그 보물을 찾을 수 있는 장보도를 우연한 기회에 손에 넣게 되었던 것이다. 그리고 그걸 여인의 오빠에게 주려 했지만 여인의 오빠는 그 선물을 거절했지. 동생의 죽음으로 재물을 얻을 수는 없다고 하면서 말이야."

"음……."

나직한 침음성이 흘러나온다. 아무리 중이라지만 막대한 금은보화를 포기한 서장의 중이나 그 선물을 동생의 죽음과 바꾸지 않으려는 여인의 오빠 역시 특별한 사람들임이 분명했다.

"여인의 오빠가 거절하자 서장의 중은 문득 이런 말을 했다. 당시 여인의 오빠에게는 딸이 한 명 있었는데 그 아이가 장성해 자신을 찾아오면 그때 그 장보도를 주겠다고. 그러고 보면 서장의 중은 여전히 여인에 대한 미련을 버리지 못했던 것 같아. 왜냐하면 그는 그녀의 조카를 통해 젊은 날의 사랑을 회상할 수 있기를 바랐으니까 말이야."

중년 사내가 잠시 말을 멈추고는 위소아를 깊은 눈으로 바라본다. 그리고는 문득 중얼거렸다.

"닮았군, 정말."

"당신은 누구인가?"

위소아가 물었다. 지금까지 사내가 한 이야기는 그녀와 그녀 가문에 대한 이야기였다. 그리고 그 이야기는 철저히 비밀에 붙여진 과거사이기도 했다. 그런데 사내는 너무도 자세히 과거의 일을 알고 있다. 마천의 힘이 아무리 대단하다 해도 이렇게까지 자세히 청마표국의 옛일을 알고 있기는 힘들었다.

"나 또한 그 두 사람의 인연에 얽혀 있는 사람이지."

사내가 대답했다.

그런데 그때였다. 문득 산비탈 저쪽에서 누구도 예상치 못한 사람의 목소리가 들려왔다. 어눌한 한어지만 그 말투는 또렷했다.

"묘검, 자네가 그 아이를 겁박하다니 믿을 수가 없군."

순간 중년 사내의 표정이 일변했다.

"설마… 살자이?"

"오랜만이군, 친구!"

어느새 장내로 다가온 불청객이 중년 사내를 보며 말했다.

"스님!"

위소아의 입에서 놀람과 반가움의 목소리가 흘러나왔다.

"꼬마 아가씨, 내 말이 맞지? 보물은 언제나 화를 부르는 법이야."

"그가 왔어."

"그러게. 정말 그가 왔군. 이건 생각지 못한 변수인데?"

장내에 나타난 중은 위소아가 납살에서 만난 바로 그 승려였다. 설마 그가 이곳까지 따라왔을 거라고는 전혀 예상치 못했다.

"이제 어떻게 되는 거지?"

중광이 물었다. 그러자 궁비영이 빙그레 미소를 지으며 대답했다.

"이런 경우에는 굿이나 보고 떡이나 먹으면 되는 거야."

"무슨 헛소리냐?"

"저 중이 보통 중이 아니라는 말이지."

"무공을 지닌 것은 알겠어. 하지만 상대는 마천이야."

"그 정도가 아니지. 아마도 장내에서 가장 고강한 사람일걸."

"뭐라고? 그 정도는 아닌 것 같은데?"

중광이 다시 승려의 기운을 살피며 말했다. 승려는 겉으로 보기에는 그리 강한 기도를 흘리지는 않았다. 오히려 수수한 맛이 있어서 그의 무공이 강할 것이라는 궁비영의 판단을 믿기 힘들었다.

"두 가지 이유로 그래. 첫째는 그가 여기까지 아무도 모르게 따라왔다는 것, 둘째는 그의 걸음걸이 때문이지."

"그의 걸음걸이라……."

중광이 고개를 갸웃하며 다시 승려를 살폈다. 그러다가 문득 탄성을 흘렸다.

"아……!"

"놀랍지?"

"젠장, 어떻게 발자국을 남기지 않을 수 있지?"

"그의 공력이 절대지경에 이르렀다는 의미지."

"음, 이거 정말 재밌게 되어가는군. 마천의 마두들과 서장 절대고수라……."

중광이 눈빛을 반짝이며 승려와 마천 고수임을 자처하는 중년 사내를 바라보기 시작했다.

"살자이! 자네가 올 줄은 몰랐군."

마천의 중년 고수가 탄식을 흘리며 말했다.

"나 역시 자네가 여기 나타날 줄은 몰랐군. 하긴 내가 아는 관묘검은 그리 쉽게 죽을 사람이 아니지. 살아 있으면서 왜 날 찾아오지 않았는가? 한동안 힘들었을 텐데."

"자네에게 폐를 끼칠 수야 없지."

"폐라니, 서운하군."

살자이라 불린 납살의 승려가 미소를 지으며 대답했다. 그러자 관묘검이라 불린 마천의 고수가 정색하며 물었다.

"살자이! 우리의 우정은 아직 유효한가?"

"세월의 빛이 변한들 우정의 본색이 사라지는 것은 아니지."

"좋아, 그렇다면 물러나 주게. 이 일은 본 천의 아주 중요한 일이야."

관묘검의 말에 라마승 살자이가 고개를 저었다.

"미안하이. 자네와의 우정이 영원하듯 조령에 대한 내 마음도 영원하네."

"아직도 그 정념에서 벗어나지 못한 건가? 그래서야 어찌 부처의 문에 들어설 수 있을까?"

관묘검이 타박하듯 말했다.

"후후후, 난 중으로 살기를 원하지만 이생에서 부처의 문에 들어갈 생각은 없네. 그래서 스승께서 부르셔도 토굴에 틀어 박혀 사원에 들지 않는 것이네. 이생에서는 조령의 남자로, 혹은 타락한 중으로 만족하네. 그래서… 그녀의 조카를 모른 체 할 수가 없네."

"청마표국과 마천은 공존할 수 없네. 그들은 우릴 배신했어. 사천삼가의 배신은 마천의 몰락에 치명적인 원인 중 하나

였네."

"마천의 어찌 몰락했는지 나는 알지 못하네. 관심도 없고. 단지 나의 여인의 조카이자 또 다른 나의 친구인 후인의 딸을 자네 손에 죽게 놔둘 수는 없네."

살자이의 말에 곽묘검의 눈빛이 흔들린다.

"우정이 마천의 대업에 우선할 수는 없네."

계속 방해를 하면 살자이를 베겠다는 말이다. 그러자 라마승 살자이가 빙그레 미소를 지으며 대답했다.

"나를 안다는 자네가 그런 말을 하다니 서운하군."

"자네의 무공이 뛰어나다는 것을 모르지 않네. 그러나 나 역시 그동안 놀고 있지는 않았네. 예전보다 격차가 많이 줄어들었을 거네. 더군다나 난 혼자가 아니네. 싸움이 시작되면 내게 우정이나 강호의 도의 따위는 기대치 말게."

"친구, 세상에 결과를 알 수 없는 일 중 하나가 생사의 대결이네. 그러니 오늘은 내 체면을 봐서 이만 물러가 주게. 난 이 아이를 사천까지만 데려다 주는 것으로 이 일에서 손을 떼겠네. 그 이후는 절대 청마표국의 일에 관여치 않겠다고 약속하지."

라마승 살자이가 진심 어린 표정으로 곽묘검에게 부탁했다. 그러자 곽묘검이 한동안 갈등을 하다가 고개를 저으며 말했다.

"미안하이. 소국주가 사천으로 들어가면 청마표국은 부활할 거네. 당연히 그 뒤에는 구천맹이 도사리고 있을 테고. 나로서는 사천을 도모할 기회를 놓칠 수 없네."

"그럼 어쩌자는 건가?"

"자네를 나 홀로 상대해 보겠네. 부족하다면 물러나도 목왕께 꾸중을 듣는 일은 없겠지."

"정말 해야겠나?"

"선택의 여지가 없는 일이네."

"어쩔 수 없군. 옛 친구의 검을 구경해 볼밖에."

제4장
라마 살자이

  궁비영은 무림인이란 참으로 기이한 존재라고 생각했다. 광풍처럼 휘몰아치는 전장 속에서도 한순간 마음이 동하면 오직 둘만의 비무를 하는 것이 무림인이란 족속이다.

  더 괴이한 것은 다른 자들은 싸움을 멈추고 그 비무를 존중해 준다는 것이다. 생사의 전장에서 말이다. 그렇게 세상의 이해로는 도저히 납득할 수 없는 행동들을 하는 것이 무림인이다.

  라마 살자이와 마천의 고수 곽묘검의 비무 역시 그러했다.

  마천의 고수들을 몰아 공격하면 아마도 청마표국은 도저히 이 공격을 견디지 못할 것이다. 흑성들이 있다고는 해도 싸움의 승패를 가늠할 수 없다. 그래서 궁비영과 중광이 앞서 도주까지 생각하지 않았던가.

그러나 이제는 두 사람의 비무가 오늘 싸움의 결과를 만들 것이다.

'아무튼 나쁘진 않군.'

궁비영은 번거롭게 마천의 잔당들과 칼부림을 하지 않아도 된다는 것에 만족했다. 거기에 고수들의 비무 구경이라면 오히려 이득을 본 느낌이다.

"저 중, 기대되는데?"

중광이 중얼거렸다. 그 역시 마천의 잔당과의 대치라는 현실은 잊은 지 오래인 듯 보였다. 다른 사람들과 마찬가지로 살자이와 곽묘검의 비무에 온통 정신이 팔려 있었다.

'어쩔 수 없는 무인이란 거군.'

궁비영이 한줄기 미소를 머금는다. 머리가 나쁜 것은 아니지만 술수를 좋아하지 않고 모든 일을 도검으로 결론 내려 하는 중광이다. 그리고 그것이 사실 가장 순수한 무인의 모습이 아닌가.

"야, 누가 이길 것 같아?"

궁비영의 대꾸가 없자 중광이 그를 돌아보며 물었다. 그러자 궁비영이 대답했다.

"중이 이겨."

너무 쉽게 대답이 나오자 중광이 의아한 표정으로 되물었다.

"중이 이긴다고? 왜? 상대는 마천의 고수야."

"너도 들었잖아? 예전부터 저 중이 대단한 고수였다고. 싸움은 기세인데 지금 보면 저 곽가가 중에게 도전하는 듯한 모습이거든. 그건 곧 자신의 실력이 부족하다는 걸 인정하는 것이지. 기세에서 눌린 거야. 더군다나 적을 반드시 죽이겠다는 의지가 있어 보이지도 않고."

"그런가?"

"그는 아마도 핑계를 만들고 싶은 것 같아. 물러날 핑계."

"음, 그렇다면 비무가 싱겁게 끝날 수도 있겠네."

"그렇지는 않지. 비무는 비무니까. 그는 최선을 다할 거야. 단지 결과가 정해져 있단 말이지."

"아무튼 궁금하군. 저 중의 무공이."

중광이 고개를 돌려 다시 두 사람을 바라봤다. 그때 곽묘검이 검을 빼 들고 라마 살자이를 향해 달려들고 있었다.

콰아!

단 일 수의 공격에서 곽묘검의 무위를 짐작할 수 있다. 그의 검에 서린 시퍼런 검기, 그 검기가 만들어내는 강렬한 파공음. 곽묘검은 검기를 자유자재로 일으킬 수 있는 고수였다.

살자이가 자신을 향해 다가오는 곽묘검을 무심한 눈으로 바라보고 있다가 슬쩍 두 팔을 들어 올렸다. 그러자 가사 자락이 바람에 펄럭인다. 그런데 다음 순간 가사 자락을 움직인 것이 바람이 아니라 그의 공력이라는 사실이 드러났다.

바람에 날리듯 솟구친 가사 자락이 한순간 곽묘검의 검을 휘어 감았다. 보통이라면 곽묘검의 검기에 가사 자락이 조각나야 한다. 그런데 놀랍게도 라마 살자이의 가사 자락은 한 올도 베이지 않고 그대로 곽묘검의 검을 휘어감아 그 검로를 틀어버렸다.

곽묘검의 검이 살자이가 아니라 우측 옆에 있는 바위에 격중했다.

콰릉!

천둥 같은 굉음이 일어나면서 바위가 두 조각으로 갈라졌다. 무시무시한 공력이 아닐 수 없었다.

"음……."

청마표국의 표사들 사이에서 나직한 신음성이 흘러나왔다. 곽묘검과 같은 고수와 싸울 뻔했다는 사실이 그들의 심장을 오그라지게 만든 것이다. 더불어 마천에 대한 두려움이 새삼스레 숫구친다.

그러나 날카로운 눈을 지닌 자들은 곽묘검의 위력적인 검술보다 라마 살자이의 무공에 더 눈길이 갈 수밖에 없었다. 나비가 꽃에 내려앉는 것 같은 가벼운 움직임은 부드러운 대응으로 강함을 제압한다는 옛말을 그대로 실천하는 듯하다.

"대단해."

중광이 중얼거렸다. 곽묘검은 연신 강초들을 뿌려대고 있었지만 살자이는 병기도 없이 곽묘검의 공격을 모두 피해내고 있었다.

"거리를 주지 않아. 그러니 그를 벨 수 없지. 무슨 중이 저렇게 잘 싸우지?"

궁비영이 대꾸했다.

"무공이 문제가 아니라는 거냐?"

"싸울 줄 안다는 거지. 예전에 아버지가 말씀하시길 무공이 뛰어난 자보다 싸울 줄 아는 자가 더 무섭다고 했지. 그런데 그건 오랜 경험을 통해서만 체득할 수 있다고 했는데……."

"저 중이 많이 싸워봤다는 거냐?"

"그래서 이상하다는 거야. 중이 무슨 싸움 경험이 있겠어. 중원에도 아주 잠깐 나왔다가 들어갔다면서."

"음. 서장에서의 행보는 모르니까."

"석굴 파고 들어앉아 도 닦고 있었다잖아."

"또 모르지. 뒤로 어떤 일을 하고 있었는지."

중광이 어깨를 으쓱거렸다. 그러자 궁비영이 고개를 저으며 말했다.

"음흉한 구석은 없는 것 같은데……."

"야야, 이제 저 양반도 본격적으로 싸우려나 보다."

중광의 말에 두 사람의 대화가 끊겼다. 과연 라마 살자이가 공격에 나서고 있었다.

갑자기 사방에 쩌적 하는 소리가 일어나기 시작했다. 신경을 거슬리게 만드는 그 소리는 살자이의 손이 만들어내는 소리였다. 살자이는 지공(指功)을 썼다. 그의 손가락이 움직일 때마다 강력한 지력이 흘러나왔다.

일단 살자이가 공격을 시작하자 곽묘검은 급격하게 수세에 몰렸다. 살자이의 지력은 강호에 알려진 다른 지공들과는 완전히 다른 특징을 지니고 있었다.

보통의 경우 지공을 사용하는 고수들은 진기를 한 손가락에 모아 발출함으로써 그 위력을 강하게 한다. 그런데 살자이의 지공은 하나가 아닌 다섯 개의 손가락 모두를 사용했다.

그 때문에 그의 손에서 흘러나온 지력은 거미줄처럼 엉켜들며 곽묘검을 공격했다.

곽묘검은 그물처럼 덮쳐 오는 살자이의 지력을 제자리에서 받아낼 수 없었다. 그는 연신 뒤로 밀리면서 가까스로 살자이의 지공을 피해냈는데, 그래서는 더 이상 그에게 공격의 기회가 찾아올 수 없을 듯 보였다.

퍼퍼퍽!

곽묘검이 피해낸 살자이의 지력이 바위에 손가락 마디만 한 구멍들을 만들어낸다. 놀라운 공력이다. 다섯 손가락으로 펼치는 지력에 이런 힘이 있다는 것은 살자이의 공력이 절정에 이르렀다는 것을 의미한다.

"후욱후욱!"

언제부터인가 곽묘검의 입에서 거친 숨이 흘러나오기 시작했다. 살자이의 그물 같은 지력을 견뎌내는 것은 마천의 고수인 그에게조차 힘겨운 모양이었다. 어쩌면 처음부터 두 사람 사이에는 넘을 수 없는 무공의 격차가 존재하고 있었는지도 몰랐다.

파파팟!

한순간 살자이가 오른손을 털어내듯 흔들자 그의 손에서 짧게 잘라진 지력이 암기처럼 곽묘검을 향해 날아갔다. 곽묘검이 급히 검을 들어 올려 살자이의 지력을 막아냈다.

따다당!

곽묘검의 검에 부딪친 살자이의 지력들이 날카로운 소음을 만들어냈다. 그리고 다음 순간 모든 사람을 놀라게 만들 일이 벌어졌다.

"이, 이런!"

곽묘검이 화들짝 놀라며 뒤로 물러났다. 살자이는 그런 곽묘검을 더 이상 공격하지 않았다. 곽묘검 역시 반격할 생각을 하지 않고 멍하니 자신의 검을 바라봤다.

그의 검에는 정확하게 세 개의 구멍이 나 있었다. 살자이의 지력이 만든 구멍이다.

"자네… 천강지를 완성했군!"

곽묘검은 더 이상 비무를 할 생각이 없는 듯 보였다.

"석굴에 들어박혀 참선을 하다 보면 못 견디게 무료할 때가 있지."

"그래서 무료함을 이기려고 천강지를 완성했다는 건가?"

"마음에 욕심이 가득할 때는 잘 안 되던 것이 심심풀이로 하다 보니 완성되더군. 그런데 계속하려나?"

"아닐세. 천강지를 완성한 자에게 어찌 대적하려 들겠는가? 물러가겠네. 아마 마불께서 이 소식을 들으면 기뻐하실 걸세."

"그분께선 안녕하신가?"

살자이의 얼굴에 살짝 어둠이 깃든다.

"잘 지내고 계시네."

"음, 안부 전해주시게."

"언제나 자넬 보고 싶어 하셨지."

곽묘검이 뭔가를 기대하는 표정으로 말했다. 그러자 살자이가 냉정하게 대답했다.

"부모자식 간에도 가는 길이 다르면 서로 적이 되는 법이네. 하물며 사백과 나는… 아무튼 건강하시라 전해주게."

"한번 뵙지 않겠나?"

"아니. 그분과 나의 인연은 끝났네. 아니지. 인연이 끝난 것이 아니라 서로 가는 길이 다른 것이지. 그분이 불도를 포기한 그 순간부터."

"휴, 알겠네. 그럼 난 물러가겠네."

곽묘검이 미련 없이 검을 거뒀다. 그러자 살자이가 물었다.

"청마표국의 일, 그만둘 수 없겠나? 자네도 후인이나 조령과 인연이 없는 것도 아니지 않은가?"

"두 사람은 이미 이 세상 사람이 아니지."

"그러나 후인의 딸이며 조령의 조카가 표국을 맡게 될 것인데?"

살자이의 말에 곽묘검이 위소아에게로 시선을 돌렸다. 위소아는 당황한 빛이 역력했다. 죽은 아버지와 고모가 마천의 마두와 인연이 있었다는 것을 믿을 수 없다는 표정이다.

위소아를 보는 곽묘검의 얼굴에 갈등이 보인다. 그러다가 그가 위소아에게 말을 걸었다.

"소국주!"

"……?"

위소아가 곽묘검을 어찌 대해야 할지 몰라 침묵으로 대답을 대신한다.

"돌아가시거든 국주께 전하시오. 마천은 원한을 잊는 집단이 아니라고. 결자해지, 표국의 평안을 바라다면 마천의 사자를 영접해야 할 거라고 말이오."

"그런 일은 없을 것이오."

위소아가 다부지게 말했다. 그러자 곽묘검이 한숨을 쉬며 말했다.

"그렇다면 부디 이 친구에게 부탁하시오. 표국에 머물러 달라고. 아무리 마천이라도 천강지를 완성한 고수가 있는 곳을 함부로 공격하지는 못할 거요. 더군다나 그 주인공이 마불과 인연이 있는 사람이라면 더더욱. 그럼 조심해서 귀가하시구려. 아! 진심으로 충고컨대 구천맹을 믿는 따위의 어리석은 행동은 하지 마시오. 돌아간다! 살자이! 다시 보세!"

"잘 가게, 친구!"

라마 살자이가 곽묘검을 향해 가볍게 합장을 해 보였다. 그러자 마천의 고수들이 말을 되돌려 황량한 곤륜의 계곡을 달리기 시작했다.

그렇게 침묵이 찾아왔다. 평화일 수도 있었다. 단 한 명의 승려가 나타나 그 무서운 마천의 마두들을 돌려보냈다. 사람들의 시선이 살자이에게 향하는 것은 어쩔 수 없는 일이었다.

"소국주, 갑시다. 사천의 변경까지 함께 가주겠소."

"감사해요, 스님."

위소아가 진심으로 살자이에게 감사를 표한다. 그동안 보아오던 위소아가 아닌 듯 보였다. 궁비영의 눈에 살자이를 대하는 위소아는 작고 여린 여인에 불과했다.

"모두 떠날 준비를 하라!"

곽건상의 명이 떨어졌다. 그러자 일행이 분주히 움직이기 시작했다.

"이대로 가도 되는 거냐?"

중광이 물었다.

"뭘 더 하게?"

"그들을 추격해야 하는 것 아냐?"

"누구?"

"망할 놈아, 정말 몰라서 묻는 거냐?"

중광이 주먹을 들어 보인다. 그러자 궁비영이 퉁명스레 대답했다.

"우리 몫이 아냐."

"우리 몫이 아니라고?"

"그래. 아마 다른 흑성들이 그들의 뒤를 따르고 있을 거야."

"그럼 우린 왜 이 표행을 따라온 거냐?"

중광이 눈을 껌뻑이며 물었다. 당연한 의문이다. 애초에 그들에게 주어진 임무는 두 가지였다. 그동안 청마표국을 공격한 자들의 정체를 밝히는 것이 하나, 그리고 그들이 마천의 잔당이라면 그 뒤를 추격해 본거지를 알아내는 것이 두 번째 임무다. 사실 그중 중요한 것을 따지면 마천의 잔당을 추격해 본거지를 알아내는 일일 터였다.

그런데 그 일이 자신들의 일이 아니라면 궁비영의 흑성 삼조가 이곳에 온 이유가 불분명해진다.

"애초부터 우리에겐 다른 임무가 있었던 거지."

"다른 임무?"

"그래. 우리도 몰랐던 임무 말이다."

"그게 뭔데?"

"하나는 마천을 끌어내는 미끼가 되어주는 것, 둘째는 소국주를 지키는 호위무사가 되는 것. 아마도 청마표국에서 요구했겠지. 서장으로 가는 표행을 꾸려 마천의 잔당을 끌어낼 테니 대신 자신들을 지켜달라고."

"이런 젠장! 그럼 처음부터 우릴 소국주를 지키는 호위무사로 쓰려 했던 거란 말이야?"

"삼관주가 왜 굳이 우릴 찾아왔겠냐?"

"뭐 이런 지랄 같은 경우가 있나? 중요한 일은 다른 놈들에게 맡기고. 이대로 돌아간다 해도 딱히 임무를 완수했다고 말하기도 뭣한 상태가 되겠구만."

중광이 입맛을 다시며 말했다. 아마도 흑성으로서의 첫 임무에서 특별한 성과를 기대했던 모양이다.

"나쁘지 않아."

"무슨 소리냐?"

궁비영의 말에 중광이 퉁명스레 되물었다.

"죽지 않았잖아."

"죽지 않았다고? 그러니까 네 말은 살아 있는 것만 해도 다행이란 말이냐?"

중광의 말에 궁비영이 고개를 끄떡였다. 그리고는 우울한 표정으로 말했다.

"사실 맹에서는 이번 임무에서 우리 중 몇은 죽을지도 모른다고 생각했을 거다."

"뭐?"

"생각해 봐라. 만약 그가 나타나지 않았다면 과연 우리 삼조의 흑성이 마천의 마두들에게서 모두 살아남을 수 있었을까?"

궁비영이 라마 살자이를 턱으로 가리키며 물었다. 그러자 중광이 얼른 대답을 하지 못한다. 궁비영의 말이 틀리지 않았기 때문이다. 그래서 두 사람은 싸움이 어려워지면 도주할 생각까지 하고 있었던 것이 아닌가.

만약 그런 일이 실제로 벌어졌다면 흑성 중에서 죽는 자가 나왔을 것이다.

"고기를 낚기 위한 미끼는 본래 상할 수밖에 없어. 우리가 그 신세였던 거지. 그 와중에 다른 미끼를 지켜야 하고. 그러니 이렇게 살아 돌아가는 것이 얼마나 다행이냐?"

"음, 듣고 보니 그렇기도 하네."

중광이 고개를 끄떡인다.

"아무튼 도움이 되기도 했어."

"뭐가?"

"맹에서 우릴 어떻게 생각하는지 확실히 알게 되었으니까."

궁비영이 차가운 표정으로 말했다. 중광은 그런 궁비영의 얼굴에서 문득 적의를 느꼈다.

*　　　*　　　*

숲이 서서히 모습을 드러낸다. 사천에 가까워졌다는 의미다. 반대로 설산은 사라지기 시작했다. 표행에 안도감이 감돌기 시작했다. 산과 산으로 이어지던 길도 어느새 평지를 따라이어진 관도로 변했다.

일행은 고향의 냄새가 바람에 실려 오는 곳에서 노숙을 준비하기 시작했다. 아마도 이 표행에서 마지막 노숙이 될 터였다. 내일 사천으로 들어서면 성도에 도착할 때까지는 객잔을이용하게 될 것이기 때문이다.

노숙을 준비하는 사람들에게서 활력이 느껴진다. 오랜 여행의 끝이 주는 안도감이 그들에게 생기를 불어넣은 모양이다.

그런데 그렇게 모두가 노숙할 준비를 하는 와중에도 위소아와 곽건상은 일행과 조금 떨어진 곳에서 계속 남쪽 길을 바라보고 있었다. 아마도 누군가를 기다리는 듯싶었다.

"누가 오기로 했나?"

중광이 두 사람을 바라보며 중얼거렸다.

"사천에 들어서기 전에 마중을 나올 수도 있지."

"청마표국에서?"

"그럼 달리 마중 나올 곳이 있겠어?"

"하긴 그렇군. 아무튼 이제 끝이네."

"서운하냐?"

"글쎄… 무명도로 다시 돌아가기는 싫어."

중광이 말했다. 그러자 궁비영이 고개를 끄떡였다.

"나도 마찬가지긴 하다. 그곳으로 돌아가는 것이 왠지 모르게 꺼려져."

"흑성을 위해 육지에 본거지를 마련하지 않을까?"

"글쎄. 맹의 본거지가 있는 구룡대산에는 들어갈 수 없을 것 같은데……."

"그건 그렇지. 흑성의 존재를 세상에 드러낼 리는 없으니까. 개봉이나 장안 정도면 좋겠는데 말이야. 놀기에는 항주가 좋다지만 너무 남쪽에 치우쳐 있고."

"그저 놀 생각뿐이구나!"

궁비영이 중광을 놀려댄다. 그러자 중광이 궁비영 앞에 얼굴을 들이대며 물었다.

"넌 아니냐?"

"하긴 술이 그립기는 해."

"어떻게 표행 중에 술 한잔 주지 않을꼬?"

중광이 슬쩍 위소아와 곽건상을 보며 불평을 늘어놓았다.

"이 와중에 술을 주겠냐?"

"흐흐, 하긴……. 아, 별 좋다!"

중광이 천막 아래 벌렁 드러누우며 말했다. 어둠이 찾아든 산속에서 보는 별은 신비의 끝이다.

"북산에도 별이 떴겠지?"

궁비영이 중광 곁에 누우며 말했다.

"왜, 그립냐?"

"가끔 생각이 나곤 해. 그렇게 떠나고 싶던 곳인데 말이야."

"음, 주남 녀석은 어찌 되었을지…….'

"보고 싶군. 아직 개봉에 있으려나?"

두 사람이 죽마고우 주남을 떠올리며 북산에 대한 그리움을 이야기하고 있을 때 문득 두 사람의 시야에 한 사람의 얼굴이 들어왔다.

"스님께서 어쩐 일로……?"

궁비영과 중광이 얼른 일어나서 살자이를 맞이했다. 긴 여행 동안 살자이가 두 사람을 찾아온 것은 오늘이 처음이다. 아니, 살자이와 궁비영 등은 대화조차 나눈 적이 없다.

"잠시 방해를 해도 되겠소?"

살자이가 부드러운 미소와 함께 물었다. 사람을 편하게 만드는 미소다. 이런 사람이 어떻게 그렇게 강력한 무공을 지니고 있는지 믿기지 않을 정도다.

"물론이지요. 이리 앉으십시오."

중광이 얼른 살자이에게 자리를 내줬다. 사실 중광은 살자이의 무공에 완전히 반한 상태였다. 살자이가 마천의 고수 곽묘검과 겨루던 그 싸움은 무인이라면 누구나 탄복할 만한 것이었다.

"음, 그럽시다."

살자이가 거리낌 없이 궁비영과 중광 옆에 자리를 잡고 앉았다.

"그런데 어쩐 일이십니까?"

중광이야 살자이의 방문이 그저 좋을 뿐이지만 궁비영은 그렇지 않았다.

살자이가 자신들을 찾아온 이유가 먼저 궁금했다. 애초에 인연이 없는 사람, 이번에 헤어지면 다시 보지 못할 사람이지 않은가.

"음, 한 가지 물어볼 말이 있어서 이렇게 실례를 했소."

살자이는 궁비영과 중광에 비하면 훨씬 윗배의 사람이지만 결코 두 사람을 함부로 대하지 않았다. 놀라운 무공만 아니라면 구도하는 승려의 모습이 정말 어울리는 살자이였다.

"말씀하십시오."

궁비영이 말했다.

"혹 북산에서 오셨소?"

살자이의 말에 궁비영과 중광 둘 모두 눈이 커졌다. 큰 반응을 보인 것은 아니지만 마음속에서는 번개를 맞은 듯한 충격을 느끼고 있었다.

'누구에게 들은 것일까?'

가장 의심할 만한 것은 누군가 살자이에게 두 사람이 구천맹에서 나왔다는 사실을 전한 것이다. 그러나 그 경우에도 궁비영과 중광이 북산 제룡가 출신이란 것을 알려줄 사람은 일행 중에 없었다.

혹 다른 흑성들을 의심해 볼 만하지만 여행을 하는 중에 다른 흑성들도 살자이와 이야기를 나눈 일은 없었다.

그러나 부인할 수도 없는 일이다. 라마 살자이는 두 사람이 북산 제룡가 출신이란 것을 확신하고 있는 것이 분명했다.

"어떻게 아셨습니까?"

궁비영이 대답 대신 되물었다. 그러자 살자이가 천천히 고개를 끄떡였다.

"역시 그렇구려. 생김새와 기도를 보고 짐작했는데……."

'이런 제길, 그냥 추측해 본 거였어?'

낭패한 궁비영이 속으로 조급해한 자신을 탓했다. 그러나 이제 와서 뱉은 말을 주워 담을 수도 없었다.

"어떻게 생김새를 보고 우리가 북산에서 왔다는 것을 알 수 있습니까?"

이번에는 중광이 물었다.

"예전에 그대 두 사람과 닮은 친구들을 만난 적이 있기 때문이오. 그들은 자신들이 북산에서 왔다고 했지. 아마도 그대들과 인연이 있는 사람들이었을 것이오. 생김새로 보면 확실하지."

"그 사람들이 누굽니까?"

궁비영이 물었다.

"한 사람은 궁씨 성을 썼고, 다른 사람은 중씨 성을 썼소. 그런 성을 쓰는 두 사람을 알고 있소?"

"음……!"

궁비영과 중광의 입에서 나직한 침음성이 흘러나왔다.

'도대체 이 양반들은 무슨 일을 하고 돌아다닌 것일까? 아무리 흑성으로 살았다지만 서장의 라마와도 인연이 있다니…….'

두 사람과 살자이는 이어질 수 없는 끈처럼 먼 인연의 사람들이었다. 그런데 인연을 맺다니 놀라지 않을 수 없는 일이다.

"두 분을 어떻게 아십니까?"

"음, 역시 아는 사람들이군. 그래, 어떤 사이시오? 두 사람은 잘 지내고 있소?"

'일이 생긴 것을 모른다?'

궁비영의 낯빛이 변했다. 자신의 물음에 궁비영과 중광의 얼굴색이 변하는 것을 본 살자이가 재차 물었다.

"두 사람에게 무슨 일이 있소? 원하던 대로 북산을 떠나셨소?"

살자이에게서 나온 말이 다시 궁비영과 중광을 당황시켰다. 원하던 대로 북산을 떠났느냐니. 그럼 궁도요와 중천산이 북산을 떠나길 원했단 말인가?

말이 되지 않는 소리다. 두 사람 모두 제룡가에 목숨 바쳐 충성할 사람이 아닌가. 가문을 다시 제룡가 사대외가로 끌어 올리는 것이 평생의 소원인 사람들이 궁도요와 중천산이었다.

"두 분이 북산을 떠나길 원하셨다고요?"

궁비영이 되물었다. 그의 표정이 변한 것을 보며 살자이가 실언을 했다고 생각했는지 얼른 말을 둘러댔다.

"아, 뭐 그냥 지나가는 말로 한 소리요. 일이 끝나면 북산을 떠나 한적한 곳에 자리를 잡고 싶다고 말이오. 북산은 너무 번거롭다면서. 결코 제룡가를 무시해서 한 말은 아니니 오해하지는 마시오."

살자이는 아마도 자신의 말로 인해 궁도요와 중천산이 곤란해질까 그것을 걱정하는 것이 분명했다.

궁비영은 살자이의 말에 큰 충격을 받았다. 아니, 궁비영만이 아니었다. 중광 역시 자신의 아버지가 북산을 떠나고 싶어 했다는 것에 놀란 눈치다.

"언제 그분들을 보셨습니까?"

궁비영이 다시 물었다.

"한 칠팔 년쯤 되었나? 곤륜의 깊은 산속에서 만났는데, 중대협이 큰 부상을 입고 있었소. 당시 내게 약간의 약재가 있어서 도움을 주었는데 그 인연으로 십여 일 함께 있었소. 그런데 정말 두 사람에게 무슨 일이 생긴 것이오?"

살자이가 걱정스럽게 물었다.

"두 분은 돌아가셨습니다. 아니, 정확히는 실종되었다고 해야겠지요. 하지만 이미 제룡가나 맹에서는 죽은 사람으로 되어 있습니다."

"아니, 어쩌다가?"

"듣기로는 마천의 잔당을 추격하다 일을 당했다고 하더군요. 유령마 야유사군이라는 자에게."

"유령마 야유사군? 그가 왜……?"

살자이가 의혹 어린 눈빛을 흘린다. 그 모습이 오히려 궁비영과 중광에게는 이상하게 보였다. 마천의 잔당 유령마 야유사군이 구천맹도를 공격한 것이 이상한 일이란 말인가.

"그를 아십니까?"

궁비영이 물었다.

"유령마 야유사군 말이오?"

"그렇습니다."

"음, 잘은 모르지만 소문은 들었소. 천하에서 가장 신비로운 무공을 지닌 자라고. 그런데 그는……."

살자이가 무슨 말을 하려다가 입을 닫았다. 아마도 그 자신조차도 자신이 하려는 말에 확신이 없는 듯 보였다.

"두 분의 죽음에 무슨 문제라도 있습니까?"

궁비영이 날카롭게 물었다. 그러자 살자이가 고개를 저으며 말했다.

"아니오. 내가 잘못 생각한 것일 수도 있지. 확실치 않은 말은 꺼내지 않는 것이 좋은 법이니까. 그나저나 두 사람은 두 분 대협과 어떤 사이시오?"

애초부터 살자이가 알고 싶던 것이다.

"두 분이 저희의 부친 되십니다."

중광이 궁비영 대신 대답했다.

"아! 그렇군! 어쩐지 너무 닮았다고 했어."

살자이의 눈에 반가운 기색이 서린다. 그 모습으로 보아서 살자이는 궁도요와 중천산 두 사람에 대해 무척 호감을 가지고 있던 듯 보였다.

살자이의 반가움과 달리 궁비영은 깊은 의혹에 빠졌다. 살자이가 기억하는 궁도요가 자신이 아는 아버지와 너무도 다르기 때문이었다. 특히 궁도요가 북산을 떠나고 싶어 했다는 그 말은 믿기 힘들었다.

"아버님께 스님에 대한 이야기는 듣지 못했습니다만……."

그러고 보니 또 의문이 든다. 왜 궁도요는 살자이에 대한 이야기를 한 번도 궁비영에게 하지 않은 것일까.

"헤어질 때 이런 부탁을 했네. 자신들을 만났다는 이야기를 타인에게 하지 말아달라는. 아마도 궁 대협은 스스로 나와 나누었던 이야기나 자신의 행적을 비밀로 하고 싶었던 모양일세."

살자이가 자연스레 하대를 한다. 변한 말투로도 그가 궁도요와 무척 친밀한 인연을 맺었다는 것을 짐작할 수 있었다.

'흑성의 임무를 수행 중이었다면 그럴 수도 있지.'

궁비영이 살자이의 대답에 수긍하듯 고개를 끄떡였다. 그러자 살자이가 나직하게 탄식을 흘렸다.

"참으로 안타까운 일이군. 내가 볼 때 두 사람은 보기 드문 의기를 지닌 사람들이었는데. 다시 만나면 며칠이고 이야기를 나누고 싶은 그런 사람들이었지. 뛰어난 무공에 비해 욕심도 없었고 세상을 보는 눈도 따뜻했지. 아무튼 유감일세. 두 분이 그리되셨다니."

살자이가 진심으로 안타까운 표정을 드러낸다. 궁비영과 중광은 살자이의 진심이 느껴져 새삼스레 아버지를 잃은 슬픔이 되살아났다.

한동안 세 사람은 말없이 시간을 흘려보냈다. 이상한 일이었다. 멀고 먼 서장에서 만난 라마 한 명이 궁비영과 중광의 마음을 흔들어놓고 있었다.

긴 침묵을 깬 사람은 살자이였다.

"자네들은 구천맹을 위해 일한다지?"

살자이가 물었다.

"들으셨군요."

"음, 아무래도……."

"젠장, 맹에서 가장 은밀하고 중요한 비밀이라더니. 야, 비영. 이거 이러다가 세상에 우릴 모르는 사람이 없을 것 같다."

중광이 투덜거렸다. 흑성의 존재가 이렇게 만천하에 드러날 것이라곤 생각지도 못했던 일이다.

"역시 비밀스런 일을 하고 있군."

살자이가 물었다.

"우리 입으로야 말할 수 없는 일이지요."

궁비영이 대답했다. 이미 적지 않은 사람이 궁비영 등에 대해 알고 있지만 그렇다고 아예 자신의 입으로 스스로 흑성임을 밝힐 수는 없었다.

"이해하네. 자네들 부친께서도 그러했지. 물론 나 역시 두 사람에게 많은 것을 묻지는 않았네. 그저 굴레에서 벗어나면 서장으로 날 한번 찾아와 달라고 말했을 뿐이지. 그런데 결국 온 사람은 그들이 아니라 그들의 아들들이군."

살자이가 쓸쓸하게 미소를 지었다.

"이제 돌아가십니까?"

궁비영은 계속 궁도요와 중천광에 대한 이야기가 이어지는 것을 원치 않았다.

"내일이면 떠날 걸세."

"성도까지는 여전히 위험한 길인데요."

중광이 걱정스런 표정으로 말했다.

"아마 내일 중으로 사람들이 올 걸세. 그리 들었네."

역시 예상대로 청마표국의 사람들이 마중을 나올 거란 말이다. 혹은 납살에서 갈라진 이대와 삼대의 표사들과 합류할 수도 있었다. 그렇게 되면 더 이상 적의 공격을 걱정할 필요는 없을 것이다.

"다시 납살로 가십니까?"

궁비영이 물었다.

"글쎄, 그건 모르겠네. 어차피 오랜만에 세상으로 나왔으니 잠시 여행을 해볼 생각도 있고."

"그것도 좋군요."

궁비영이 고개를 끄덕였다. 그러자 살자이가 갑자기 목소리를 낮추며 말했다.

"두 사람에게 한 가지 선물을 하고 싶네."

"선물이요?"

선물이라는 말에 궁비영보다 중광이 호기심을 드러냈다.

"그렇다네. 받게."

살자이가 두 사람에게 두 개의 천을 건넸다. 그 위에는 작은 글이 쓰여 있었는데 자세히 보지 않으면 읽을 수 없는 미세한 글씨다. 아마도 여행 중에 급히 쓴 듯 보였다.

"이것이 무엇입니까?"

"천강지의 초식들이네."

"천강지!"

중광이 놀라 입을 열다가 손으로 입을 막았다.

"이걸 왜⋯⋯?"

"궁 대협과 중 대협에 대한 아쉬움 때문이라고 해두지. 그리고 한 가지 부탁할 일도 있고."

역시 대가 없는 이득은 없는 모양이다.

"무엇입니까?"

"음, 저 아이, 나에겐 참으로 외면하기 힘든 아이네."

살자이가 위소아를 보며 말했다.

"소국주를 지켜달란 부탁이라면 쉽지 않은 일입니다. 우리가 청마표국의 일을 하는 것은 이번 표행이 끝입니다."

"음, 물론 자네들이 맹으로 복귀해야 한다는 것은 알겠네. 해서 내가 부탁하는 것은 이번 표행까지이네."

"그야 부탁하지 않으셔도 당연히 표국까지 소국주와 함께 갈 것입니다만……."

궁비영이 의아한 표정으로 물었다. 이미 정해진 길이다. 표국에 도착해서야 흑성으로서의 첫 임무가 끝이 난다. 굳이 선물까지 주며 부탁할 것은 아니었다. 더군다나 선물이 천강지라면 지나치게 과하다.

"내 말은 최선을 다해서 저 아이를 지켜달란 것이네. 만약 내가 떠난 것을 알게 된다면 그들은 반드시 다시 이 표행을 공격해 올 걸세."

"사천에 들어선 이후에도 말입니까?"

중광이 고개를 갸웃하며 물었다. 누가 뭐래도 마천은 아직 강호에 함부로 모습을 드러낼 상황이 아니다.

더군다나 사천이라면 구천맹의 힘이 강력하게 미치는 곳이다. 자칫 표행을 공격하려 욕심을 낸다면 오히려 꼬리를 밟혀 전멸할 위험이 있었다. 그야말로 구천맹이 바라는 바가 아닌가.

"그렇지가 않네. 지금 소국주가 가지고 가는 물건은 마천에서 무리를 해서라도 빼앗을 가치가 있는 것들일세."

"금은보화야 다른 방법으로라도……."

"시간이 중요하다네. 소국주가 저 보물을 표국으로 가져가는 순간 사천삼상은 부활할 것이네. 그동안 청마표국의 표행을 공격했던 자들이 마천의 사람이라면 구화방 뒤엔 그들이 있다는 의미가 되지. 아니, 배후는 아니더라도 적어도 구화방과 마천은 어떤 식으로든 인연이 있다는 말이 되네."

"그렇지요."

"구화방이 마천과 인연이 있다면 애써 장악한 사천의 상권이 다시 사천삼상의 손에 들어가는 것을 원치 않을 걸세. 그렇게 되면 마천은 다시 한 번 큰 시련을 겪게 되겠지. 마천은 절대 그 실패를 감당하려 하지 않을 걸세."

"자신들의 존재가 드러나도 말입니까?"

"음, 그만한 이유가 있네."

"무엇입니까?"

궁비영이 호기심을 드러내며 재차 물었다.

"나와 비무를 한 사람 기억하나?"

"그 곽묘검이란 사람 말입니까?"

"그렇다네. 그는 마천의 절대자 중 한 명인 목왕 적월의 사람이네. 무공은 마불의 영향을 많이 받았지만 정작 목왕을 위해 움직이지. 그 말은 사천의 일을 주도한 사람이 목왕이란 말이네."

알 수 없는 자들의 이름이다. 그러나 궁비영은 묵묵히 살자이의 말을 들었다.

"목왕은 절대 자신의 실패를 인정할 사람이 아니네. 특히 마천이 활동을 재개했다는 것은 곧 그들이 새로운 권력 구조를 완성해 가고 있다는 뜻이 되네. 패망 이후 권력의 재정립은 어느 세력에게서나 피와 살이 튀는 경쟁이지."

"그래서 목왕이란 자가 사천에서의 실패를 용납하지 않을 거란 말이군요."

"그렇다네. 목왕은 무서운 무공만큼이나 자존심도 강한 사람이야. 마천의 전성기에도 호시탐탐 마천의 권좌를 노렸지. 그는 권력 앞에서 절대 물러나는 사람이 아니네. 무리해서라도 공격할 걸세."

그러자 궁비영이 잠시 생각에 잠겼다가 물었다.

"만약 그들이 공격해 올 것이 확실하다면 소국주에게 말해 다른 대책을 세우는 것이 빠를 것입니다. 우리야 강호 초출, 믿을 만한 실력이 아니지요."

"그렇지가 않을 걸세."

살자이가 빙그레 웃으며 말했다.

"무슨 말씀이신지……?"

"자네들의 실력을 알고 있다는 말이지. 함께 여행을 하면서 자네들을 눈여겨보았네. 고수란 일 보의 걸음과 일 수의 손놀림에서도 그 실력이 드러나는 법이지. 폭포 아래서 적과 싸우는 모습 또한 보았네. 내 생각에 자네들은 아마도 맹에서 아주 공들여 키운 고수일 걸세."

'정말 무서운 고수구나. 어느새 우리의 내력을 모두 읽고 있어. 이런 자가 적이 아니라 정말 다행이야.'

"죽을 지경이 되면 어차피 젖 먹던 힘까지 내어 싸우는 게 사람이지요."

궁비영이 이런 부탁을 굳이 하지 않아도 된다는 뜻으로 말했다. 그러자 살자이가 다시 고개를 젓는다.

"그것도 아닐세. 자네들은 언제라도 표행을 떠날 준비를 하고 있을 걸세. 이유는 간단해. 자네들은 청마표국의 사람이 아니라 구천맹 사람이니까. 굳이 청마표국을 위해 목숨을 걸 필요는 없지."

"그럼 스님께서는 이 천강지라는 무공을 대가로 우리에게 목숨을 요구하시는 거군요. 소국주를 지키기 위해."

궁비영이 천강지를 적은 비단 천을 들어 보이며 물었다.

"음, 말이 그리되나? 하지만 내가 어찌 무공 한 구절로 목숨까지 요구하겠나. 그저 힘닿는 데까지만 도와주기 바라네. 조금 무리해서라도 말이야."

"스님께서 함께 계시면 좋지 않겠습니까?"

중광이 얼른 물었다. 그러자 살자이가 고개를 젓는다.

"소국주는 몰라도 표국주를 비롯해 청마표국의 사람 중에는 내게 적대감을 가진 사람도 많다네. 국주가 이번에 소국주를 내게 보낼 때는 아마도 큰 결심이 필요했을 걸세. 자존심이 강한 사람이라……. 그러니 자네들에게 부탁하는 걸세."

살자이와 청마표국주와의 인연이야 이미 대충 들어 짐작하고 있는 이야기다.

"뭐… 가능하면 그리하지요."

궁비영이 대답을 하기도 전에 중광이 대답한다. 처음부터 살자이에게 호감이 많은 중광이었다.

"고맙네. 그리고 내가 자네들에게 천강지를 전하는 것을 꼭 소국주 때문이라고는 생각지 말게. 그것보다는 자네들 부친과 의 인연 때문이라는 것이 맞을 것이네."

살자이가 따뜻한 미소를 지으며 말했다.

그날 밤 세 사람은 제법 오랜 시간 이야기를 나눴다. 그리고 어느 순간 대화가 사라지고 궁비영과 중광이 얼핏 잠이 들었 다가 깨어났을 때, 살자이의 모습은 어디에서도 찾을 수 없었 다.

제5장
마인(魔人)

"이상하네."

중광이 중얼거렸다.

"뭐가?"

"분명 같은 천강지인데 왜 구결이 다르지, 네 것과 내 것이?"

분명 이상한 일이다.

살자이가 궁비영과 중광에게 천강지의 구결을 전하고 떠나버린 그날 이후 두 사람은 서둘러 비단 천에 쓰인 천강지의 구결을 익히기 시작했다.

그런데 이상하게도 살자이가 두 사람에게 전한 천강지의 구결이 서로 달랐다.

"아마도 우리 두 사람의 성정을 고려해 다시 손을 본 모양이야. 무척 세심한 분이란 뜻이지."

"그래? 그런데 난 내가 좀 손해를 본 느낌인데?"

"무슨 손해를 봐?"

"넌 세 초식, 난 한 초식. 그러니까 내가 손해지."

살자이가 전한 천강지의 초식이 궁비영은 세 개, 중광은 하나였다. 그를 두고 중광이 투덜거린 것이다.

"휴, 이 멍청한 놈을 어찌할꼬. 초식이 많다고 강한 무공이냐?"

"물론 그건 아니지만……."

중강이 입맛을 다신다. 필시 궁비영에게 있는 다른 천강지의 초식이 욕심나는 것이 분명했다.

"아서라. 서로 다르게 나눠주실 때는 다 그 이유가 있는 법이야."

궁비영이 고개를 저으며 말했다.

"알았어. 난 그저 조금 궁금했을 뿐이야."

중광이 어색하게 웃으며 대답했다.

표행은 순조로웠다. 살자이는 마천의 공격을 걱정했지만 사천의 경계에 들어선 이후 이틀이 지나도록 마천은 그림자도 보이지 않았다. 그래서인지 사람들의 얼굴에도 한결 편안함이 감돌았다.

사천 경계에서 합류한 삼대와 이대의 표사들로 인해 표행 인원이 떠날 때와 엇비슷한 숫자가 되니 더욱 안정감이 있다.

"백로의 객잔에서 쉬어 간다!"

곽건상의 목소리가 들렸다. 사람이 많아지니 자연히 그의 목소리도 커졌다.

"벌써 백로군."

중광이 산 아래에 소담하게 자리 잡고 있는 작은 마을을 보며 말했다.

"이제 오 일만 가면 되나?"

"그렇지. 올 때도 표국에서 오 일 길이었으니까."

서장을 향해 떠날 때도 이곳 백로에서 하룻밤을 묵어간 일행이다. 그래서 그런지 마치 고향에 돌아온 것 같은 반가움이 생긴다. 자연히 일행의 걸음이 빨라졌다.

"소국주께서 잠시 보자시네."

곽건상이 궁비영과 중광을 찾아온 것은 백로의 객잔에 든 날 밤이었다. 사천의 경계로 들어선 이후에는 처음으로 두 사람을 따로 찾은 곽건상이다.

"무슨 일입니까?"

궁비영이 물었다. 표사로 청마표국에 들어갈 때와는 두 사람의 관계도 많이 달라져 있었다. 이미 궁비영 등이 구천맹에서 나온 사람이라는 것이 알려진 이상 표사 노릇을 하는 것도 의미 없는 일이었다.

"나도 모르겠네. 일단 가보세."

곽건상이 고개를 저으며 말했다.

"가보자. 혹시 아냐? 수고했다고 금자라도 내줄지."

중광이 궁비영을 보챈다. 궁비영은 마뜩찮은 표정을 지으면서도 자리에서 일어났다.

곽건상을 따라 위소아의 처소로 들어온 궁비영은 그곳에서 뜻밖의 인물을 만났다. 물론 그 존재를 모르고 있던 것은 아니지만 이렇게 노골적으로 모습을 드러내리라고는 생각지 못했다.

"어서 오게."

객방의 주인인 위소아를 제쳐 두고 삼관주 곽묘랑이 두 사람을 맞이했다.

'지나치게 가까워.'

궁비영의 안색이 어두워졌다. 비록 소국주 위소아가 구천맹의 문파들과 밀접한 관계가 있다고는 해도 무명도 삼관의 관주가 이렇게 드러내 놓고 방문할 정도의 관계일 거라고는 생각지도 못했던 일이다.

납살에서도 삼관주 곽묘랑은 은밀히 두 사람만 만나고 돌아가지 않았던가.

'아니, 그때도 소국주를 만나고 갔나?'

생각해 보면 그랬을 가능성이 컸다. 그래서 두 사람에게 소국주의 잠행을 따라가라고 말했을 것이다.

"이곳에서 뵐 줄은 몰랐습니다."

궁비영이 무심하게 곽묘랑에게 인사를 한다. 감정을 드러내지 않아 더 그의 불만이 도드라져 보인다. 그 마음을 알고 있었을까. 곽묘랑이 평소의 그녀답지 않게 미소를 지으며 대답했다.

"당황했을 거라 생각하네. 아무튼 먼 길에 수고했네. 앉으시게."

위소아는 뒷전이고 곽묘랑이 객방의 주인 같다. 궁비영과 중광이 곽묘랑의 말에 따라 자리를 잡고 앉았다.

"저는 이만……."

표두 곽건상이 자신이 낄 자리가 아니라는 듯 고개를 숙여 보이고는 객방을 나갔다. 위소아도 곽묘랑도 그를 붙잡지 않았다. 아무리 그가 충성스런 청마표국의 표두라 해도 감히 구천맹의 일을 들을 수는 없었다.

"이번 일에 의혹이 많을 걸세."

곽건상이 물러가자 곽묘랑이 말했다. 여전히 부드러운 목소리다.

"그렇지는 않습니다. 간단한 문제라고 생각하니까요."

궁비영이 대답했다.

"그래? 자네가 어떻게 생각하는지 궁금하군."

"미끼 노릇 제대로 한 것 아닙니까?"

궁비영이 되물었다. 그러자 곽묘랑이 천천히 고개를 끄떡였다.

"부인하지 않겠네. 자네와 삼조에겐 미안하지만."

"미안할 일은 아니지요. 애초에 흑… 우리 일이 그런 것 아니겠습니까?"

흑성이란 말을 꺼내려던 궁비영이 얼른 말을 바꿨다. 자신들이 맹을 위해 일한다는 것은 위소아도 알고 있을 테지만, 흑성이란 존재가 있다는 것에 대해선 모를 수도 있기 때문이다.

그런데 그런 궁비영의 걱정은 결국 쓸데없는 것이었다.

"흑성의 일이 본래 그런 것이라 해도 미안한 것은 어쩔 수 없는 일이지."

곽묘랑이 대놓고 흑성의 존재를 언급한다. 그러자 이쯤 되면 더 이상 묻지 않을 수 없었다.

"대체 소국주께서는 맹과 어떤 관계이십니까? 물론 봉황문주님의 문외제자이며 당문과 혼담이 오간다는 사실은 알고 있지만……."

"음, 자네가 의혹을 가질 만하네."

흑성의 존재까지 숨기지 않고 서슴없이 말할 정도면 위소아에게는 그 이상의 무엇인가가 있는 것이 분명했다.

"다른 신분이 있다는 말이군요."

궁비영이 위소아를 보며 말했다. 그러나 위소아는 입을 닫고 있을 뿐 아무 말도 하지 않았다. 한편으로는 그녀의 표정이 도도하기까지 하다. 불쑥 궁비영의 마음속에서 반발심이 솟구친다.

"한 가지 축하할 일이 있네."

갑자기 곽묘랑이 말머리를 돌린다.

"축하할 일이요?"

뜬금없다고 생각하며 궁비영이 되물었다. 그러자 곽묘랑이 탁자 위에 두 개의 금패를 내놓았다.

"이게 무엇입니까?"

"금패의 흑성을 증명하는 물건일세."

"이게 무슨……?"

도대체 곽묘랑이 하는 행동의 의미를 알아챌 수 없다. 그러자 곽묘랑이 다시 입을 열었다.

"자네들은 오늘 정식으로 금패의 흑성이 되었네."

"그 일이라면 무명도에서 이미 결정된 것 아닙니까?"

침묵하고 있던 중광이 입을 열었다.

"물론 그렇게들 알고 있을 걸세. 그러나 사실 맹에서는 오늘까지 그대들을 공식적인 흑성으로 인정하지 않았네."

순간 궁비영이 머리에 한 가닥 깨달음이 스치고 지나갔다.

"이건… 일관이었군요."

"역시 눈치가 빠르군. 맞네. 서장행은 사실 흑성의 마지막 시험이었네. 즉 일관이었던 거지. 그런 면에서 보면 자네에게는 미안한 일이네. 일관을 두 번이나 거쳤으니 말이야."

곽묘랑이 궁비영을 보며 말했다. 궁비영이 과거 당목과 함께 유령문의 유령사들을 추격한 일을 두고 하는 말이다.

"다른 사람들도 모두 같은 처지입니까?"

궁비영이 물었다.

"그렇다네. 각 조의 흑성이 모두 이 시험을 거치고 있네. 이 시험이 끝나야 정식 흑성으로 인정받을 걸세."

"삼조의 시험은 끝난 겁니까?"

"그렇다네."

곽묘랑이 대답했다.

"그런데 왜 우리만 부르신 겁니까? 삼조의 다른 사람들도 불러야 하는 것 아닙니까?"

"음, 그들은 따로 만날 걸세. 오늘 자네들을 부른 것은 이제야말로 정식으로 자네들에게 첫 임무를 맡기기 위함이야."

그러자 중광이 물었다.

"여기서 말입니까? 무명도에 복귀하는 것이 아니고요?"

"무명도는 폐쇄되었네. 다시 흑성을 양성해야 할 시기까지 무명도는 열리지 않을 것이네."

"그럼 흑성의 본거지는 어디입니까?"

"따로 본거지는 없네. 임무가 끝나면 북산으로 돌아가면 되네. 새로운 임무가 주어지면 제룡가주를 통해 명을 받게 될 걸세. 그러나 제룡가의 일을 사사로이 할 수는 없네. 흑성은 맹의 자산이기에 오직 맹의 일만을 할 수 있네. 명을 받고 강호에 나오면 우리 다섯 명의 관주나 도주님, 혹은 오죽노 님께서 자네들을 만날 걸세."

곽묘랑의 말을 들으니 아버지 궁도요가 흑성으로 살던 시간이 떠오른다. 궁도요도 일이 없을 때는 항상 북산에 머물렀다.

"새로운 임무가 무엇입니까?"

궁비영이 물었다. 그러자 곽묘랑이 잠시 침묵을 지키다가 대답했다.

"구화방을 처리하는 일이네."

곽묘랑의 말에 궁비영의 눈이 가늘어진다. 이 또한 청마표국의 일이다. 그러니 다시 궁금해진다. 도대체 위소아는 누구란 말인가.

"어찌 처리하면 됩니까?"

궁비영이 물었다. 이 자리에서 모든 의문을 풀 수는 없다. 하지만 언젠가는 위소아의 진실한 정체에 대해 알게 될 날이 올 것이다. 궁비영은 때를 기다릴 줄 아는 인내심을 가지고 있었다.

"구화방주를 죽이게."

"음……."

궁비영은 침묵하고 중광은 침음성을 발한다. 살수 노릇을 하라는 말이다. 알고는 있었지만 흑성의 일이 처음부터 오물밭이다.

"알겠습니다."

궁비영이 순순히 대답했다. 하지 않을 수 없는 일이다. 그 스스로 선택한 흑성의 길이 아닌가. 그것이 살수의 일이든 혹은 도적의 일이든 맹의 명이라면 행하는 것이 흑성이다.

"고맙네."

곽묘랑은 첫 임무에 대해 거부하지 않는 궁비영이 고마운 모양이다. 하긴 누구라도 구천맹의 맹도로서 이런 임무를 부여받는다면 처음에는 당연히 반발할 수밖에 없을 터였다.

"어차피 제가 선택한 길이니까요."

궁비영이 심드렁하게 말했다. 그런 그를 향해 곽묘랑이 선심 쓰듯 말했다.

"그 금패는 무척 쓸모가 많은 물건이네. 맹의 지부는 천하 곳곳에 퍼져 있네. 어떤 곳에서라도 그 패를 보이면 자네들이 원하는 바를 얻을 수 있을 거야. 물론 임무를 수행하기 위해서만 쓸 수 있는 것이네만……."

"알겠습니다."

"잘 간직하게. 그 금패를 지닌 사람은 구천맹 전체에서도 오십을 넘지 않네."

곽묘랑이 당부한다. 그러나 궁비영은 금패 따위에는 관심이 없었다.

"그럼 오늘 떠나지요."

"그럴 수야 있나. 오늘 하루는 이곳에서 쉬고, 내일 표행이 떠날 때 길을 달리하시게. 조원들에게 인사는 해야 하지 않겠는가? 아마 오늘 헤어지면 쉽게 만나지 못할 걸세."

"어차피 인연이 깊지 않은 사람들입니다."

"그래도 하루 쉬어 가게. 긴 여행이었으니."

"그러지요. 그럼."

아마도 일이 끝날 때까지는 다시 곽묘랑을 볼 일은 없을 것이다. 궁비영이 작별 인사를 하고 자리에서 일어나자 중광이 고개를 꾸뻑하고는 얼은 궁비영을 따라나선다.

두 사람이 객방을 벗어나자 곽묘랑이 위소아에게 물었다.

"어떠하던가?"

"좋더군요."

"그래? 자네의 눈에 차다니 역시 인재들이군."

위소아를 대하는 곽묘랑의 태도가 표국의 소국주를 대하는 것으로는 볼 수 없을 만큼 조심스럽다. 하대를 하긴 하지만 위소아를 무척 존중하는 모습이다.

"스승께서 특별하게 보신 이유를 알겠더군요."

"소국주가 인정하다니 놀랄 일이군."

"뛰어난 자예요. 무공도 무공이지만 흔들림이 없어요. 욕심이 없어서 그런지 쉽게 동요하는 성정도 아니에요. 거기에 더해 냉혹한 면도 있지요. 누구도 그를 손에 넣기 어려울 겁니다. 그의 아버지처럼!"

"그럼 위험하군."

"그렇다고 할 수 있죠."

"하긴 그를 무명도에 들일 때부터 걱정한 일이기는 하지만……."

"그래도 크게 걱정할 일은 없을 겁니다. 그에 대한 대비가 되어 있으니."

"그에겐 미안한 일이지만……."

곽묘랑이 고개를 끄떡였다. 그러다가 문득 위소아에게 물었다.

"소국주는 언제까지 표국에 머물 생각인가?"

"일단은 사천 상계의 일을 정리할 때까지는 있을 생각입니다."

"음, 오죽노께서 적적하시겠군."

"사형들이 있으니 걱정할 바는 아니지요."

"그래도 오죽노께서는 소국주를 가장 아끼신다네."

곽묘랑이 말했다. 궁비영이 들었다가는 경악할 일이다. 위소아는 봉황문주의 문외제자로 알려져 있는데 이들은 지금 오죽노를 그녀의 스승이라 말하고 있다.

"스승께서는 제게서 작은 즐거움을 기대하시고 사형들에게서는 큰 이득을 기대하시지요. 전 그게 싫어요."

"그럴 리 없네. 오죽노께서는 소국주에게도 큰 기대를 걸고 있다네."

"정말 그런가요?"

"그건 내가 보증하지."

곽묘랑이 웃으며 말했다. 그러자 위소아의 얼굴에도 미소가 떠오른다.

"관주께서 그리 말씀하신다면 믿을 수밖에요."

"아무튼 사천에서의 일 처리를 깨끗하게 해야 하네. 그게 무척 중요한 일이야."

"알고 있습니다. 도와주셔서 감사하기도 하고요."

위소아가 머리를 조아린다. 그러자 곽묘랑이 손을 내저으며 말했다.

"공치사를 바라고 하는 일은 아니네. 나도 명을 받고 움직이는 것이니까. 그런데 당가와의 혼사는 어찌할 생각인가?"

"아버지는 원하시나 전 원치 않아요."

"음, 오죽노께서는 어찌 생각하는가?"

곽묘랑이 묻자 위소아가 고개를 저으며 대답했다.

"스승님의 생각은 저도 알 수 없어요. 제가 이 일을 말씀드렸을 때 그저 고개만 끄떡이셨지 가타부타 다른 말씀은 하지 않으셨어요."

그러자 곽묘랑이 신중한 표정으로 말했다.

"당가라면 소국주에게 큰 도움이 될 수도 있네."

"그러나 결국 당가에 매이게 되겠지요. 그래서는……."

"알겠네. 무슨 뜻인지. 하지만 거절을 하더라도 절대 당가를 불쾌하게 하지는 마시게. 그들은 누가 뭐래도 구천맹의 주인 중 하나이니."

"알겠습니다. 아버님과 방법을 상의해 보죠."

"자, 그럼 나도 그만 가봐야겠네."

곽묘랑이 자리에서 일어났다.

"당장 사천을 떠나진 않으실 거죠?"

"나 역시 이곳 일이 정리되는 걸 확인해야 하니 얼마간 머물 것이네."

곽묘랑의 말에 위소아가 미소를 지으며 말했다.

"든든하네요."

"후후, 날 너무 믿지 마시게, 소국주."

그 말을 끝으로 장내에서 곽묘랑이 사라졌다.

*　　　*　　　*

스르릉!

궁비영이 천으로 검신을 닦자 미세한 검명이 일어난다. 한편으로는 그 소리가 소름 끼친다. 사람을 베어야 할 검이다. 중광은 그런 궁비영을 물끄러미 바라보다가 물었다.

"후회하냐?"

"후회?"

"그래. 흑성이 된 거 말이야. 그러지 않았다면 사람을 죽일 일도 없었을 거 아냐."

"북산에 남아 있었다고 사람을 베지 않았을까. 무가의 식솔이."

"하긴 그렇군."

중광이 고개를 끄덕였다. 무가의 후손으로 태어나 무공을 수련했으면 언젠가는 반드시 사람을 베게 된다. 그것이 무인의 숙명이다.

개중에는 평생 사람을 베지 않아 활검 소리를 듣는 무인도 있으나 그것은 그야말로 몇백 년에 한 번쯤 나오는 인물이다.

"그가 선인이 아니기를 바랄 뿐이다."

"마천과 관련이 있는 자라면 착한 놈이겠냐?"

중광이 대답했다.

"그렇게 생각할 것은 아니지. 마천이 마도로 치부되기는 하지만 그중에 선인이 왜 없겠어?"

"물론 그렇기는 하지만 지금까지 구화방주가 사천 상계를 장악해 온 방법을 봐. 독한 수단을 많이 썼다고. 청마표국의 표행을 공격해 표사들을 죽인 것으로 시작해서 군소 상가도 여럿 그들에게 당했다던데?"

"그래. 부디 악인이어야 내 검이 부끄럽지 않지."

궁비영이 검을 들어 눈앞에 세웠다. 시퍼런 검날이 앞날을 예고하는 것 같다.

"그나저나 이렇게 떠나게 되면 그 양반과의 약속은 지킬 수 없는 것 아니냐?"

"누구?"

"살자이."

"음, 소국주를 지켜주겠다는 약속 말이지? 흐흐, 그야말로 걱정할 일이 아니지. 소국주 곁에 삼관주가 있는데 누가 감히 소국주를 건드리겠어."

"설마 삼관주가 계속 있으려구."

중광의 말에 궁비영이 고개를 저었다.

"내가 볼 때 소국주는 우리가 아는 것보다 훨씬 맹과 밀접한 관계가 있어. 반드시 맹에서 그녀를 보호할 거야. 그러니 굳이 우리가 나설 일은… 응?"

갑자기 궁비영이 자리에서 일어났다.

"왜?"

"쉿!"

궁비영이 재빨리 손가락을 입에 가져갔다. 그리고는 빠르게 움직여 객방의 창가로 다가갔다. 중광이 얼른 일어나 궁비영 옆으로 다가왔다.

"무슨 일이야?"

중광이 속삭이듯 궁비영에게 물었다. 그러자 궁비영이 살짝 창을 열어 밖을 내다보다가 중얼거렸다.

"역시 재수가 없어. 빚지고는 못 사는 팔자구만."

"무슨 일이냐니까?"

"밤손님이 찾아왔다. 그것도 하나가 아니야. 스님의 말이 맞았어."

"마천이 왔다고?"

중광이 되물었다. 그러자 궁비영이 고개를 끄떡이며 자리를 비켰다. 중광이 궁비영 대신 창가로 다가가 밖을 살폈다.

"정말 왔구나."

"준비해."

"도울 거야?"

"일단 소국주가 맹에 얼마나 중요한 사람인지 알아보고."

"무슨 소리냐?"

"삼관주가 왔다는 것은 납살까지 우리 뒤를 따라오던 맹의 고수들도 근처에 있다는 의미지. 소국주가 맹에 무척 중요한 사람이라면 그들이 나서겠지. 그때까지는 지켜본다."

"나중에 문제가 되지 않을까? 나서지 않았다고."

"우린 이미 새로운 임무를 받았어. 청마표국의 일은 더 이상 우리 일이 아니다."

"이런 매정한 놈. 그렇게 예쁜 소국주를 두고."

"원한다면 네가 나서든지."

"에이, 아니다. 네 말대로 상황을 두고 보자고."

"나가자. 좋은 자리를 찾아야 편히 구경하지."

궁비영이 훌쩍 창문을 벗어났다. 중광이 뒤처질세라 궁비영의 뒤를 쫓는다.

쾅!

객방의 벽이 허물어졌다. 서너 명이 먼지 속에서 밖으로 튀어나왔다. 그러자 객잔 지붕에서 대여섯 명이 날아내리면서 객방에서 나오는 자 중 오직 한 명을 공격하기 시작했다.

공격받은 자가 어지럽게 검을 휘둘렀다. 뿌연 검기가 어둠 속에서 전광처럼 번뜩였다. 그러자 기습했던 자들이 급히 뒤로 물러난다. 순간 객잔 곳곳에서 고함 소리가 들리며 청마표국의 표사들이 밖으로 뛰쳐나왔다.

"웬 놈들이냐?"

"소국주님이 위험하다!"

청마표국 표사들의 당황한 목소리가 이어지더니 한 무리의 표사가 벽을 뚫고 나온 사람의 주위로 모여들었다.

"소국주!"

객방의 벽을 뚫고 나온 후 기습한 자들의 공격을 막아낸 사람은 소국주 위소아였다. 이 한 번의 싸움으로 그녀가 자신의 진실한 무공을 숨기고 있었음이 만천하에 드러냈다.

"난 괜찮아요. 표사들을 진정시키세요."

위소아의 명에 표두 곽건상이 서늘한 목소리를 토해낸다.

"모두 진정해라. 놈들은 몇 되지 않는다."

"모두 정신 차렷!"

"횃불을 밝혀라!"

곽건상이 나서고 다른 두 명의 표두 차의명과 척호까지 나서자 청마표국의 표사들이 빠르게 흥분을 가라앉혔다. 그리고 잠시 후 횃불이 밝혀지며 객잔이 대낮처럼 환해졌다.

그런데 기이하게도 불이 밝혀졌는데 어디에서도 기습자들의 모습을 찾을 없었다.

"이놈들, 앞으로 나서라!"

표두 차의명이 호기롭게 앞으로 나서며 호령했다. 그러나 역시 누구도 대답하는 자가 없다.

"모두 도주한 것 아니오?"

표두 척호가 차의명에게 물었다. 그러자 뒤쪽에서 위소아가 입을 열었다.

"그렇지 않아요. 보통이 아닌 자들이에요. 모두 경계심을 풀지 마세요."

위소아의 명에 표국의 표사들이 다시 긴장하며 도검을 고쳐 잡는다.

"서너 명만 주위를 살펴라. 나머지는 자리를 지킨다."

다시 차의명의 명이 떨어졌다. 그러자 표국의 노련한 표사 서넛이 둘씩 짝을 지어 객잔 근처를 살피기 시작했다.

그런데 그 순간이었다.

"악!"

"컥!"

갑자기 두 마디 비명이 터져 나오면서 서쪽 담장 위로 올라서던 표사 둘이 그대로 고꾸라졌다.

"오이, 두삼!"

놀란 차의명이 재빨리 담장에서 떨어지는 표사들을 향해 달려갔다. 그러나 그가 도착했을 때는 이미 두 사람 모두 숨이 끊긴 상태였다.

"이놈들! 쥐새끼처럼 숨지 말고 앞으로 나서라!"

차의명이 검을 들어 흔들며 소리쳤다. 그러자 어둠 속에서 한줄기 목소리가 들려왔다.

"곤륜에서 가져온 물건을 놓아두고 떠나거라. 하면 목숨을 빼앗지는 않을 것이다."

"쥐새끼에게 내줄 물건은 없다! 물건을 얻고 싶다면 당당하게 앞으로 나서라!"

차의명이 다시 소리쳤다. 그런데 그의 말이 끝나자마자 한줄기 빛이 그를 향해 폭사했다.

쐐액!

날카로운 파공음과 함께 날아든 빛이 그대로 차의명을 관통하려는 순간 차의명이 가까스로 몸을 돌리며 검을 휘둘렀다.

캉!

날카로운 쇳소리가 장내를 울린다. 차의명이 대여섯 걸음 뒤로 물러났다.

퍼퍽!

차의명의 검에 튕겨 나간 강전이 객잔 기둥에 박히는 소리
가 들렸다. 강전의 위력이 얼마나 강한지 기둥 위 지붕에서 기
와 십여 장이 떨어져 내렸다.

"노련한 장사치라면 눈치가 있을 게다! 너희는 감히 우리의
상대가 되지 못하니 물건을 놓아두고 물러나라!"

강전을 쏘아 보낸 자가 어둠 속에서 다시 말했다. 이번에는
표두 차의명도 대꾸를 하지 못했다. 강전의 공격을 한 번은 막
아냈지만 두 번은 막아낼 자신이 없었던 것이다.

차의명이 대답하는 대신 훌쩍 몸을 날려 위소아 곁으로 다
가왔다. 그리고는 낮고 빠르게 말했다.

"너무 강합니다."

후퇴하자는 말이다. 하긴 차의명에겐 청마표국의 부활보다
자신의 안위가 더 중요했다. 살아남기만 하면 청마표국이 무
너져도 다른 곳으로 떠나면 그만인 차의명이다. 그리고 사실
그동안 그 준비에 여념이 없던 그다.

"지금 표국의 부활을 포기하자고 말하는 건가요?"

위소아가 서늘한 시선으로 차의명을 보며 물었다.

"그, 그런 것이 아니라… 일단 적의 기세가 워낙 강하
니……."

"물건을 포기하면 청마표국은 무너져요."

"어찌 금은보화로 표국의 운명이 결정되겠습니까? 후일을
도모하는 것이……."

차의명은 여전히 물러서기를 권한다. 물론 홀로 떠날 수도 있었다. 그러나 그랬다가는 주인을 배신한 표두로 소문이 나 어디에도 몸을 의탁할 수 없을 것이니 혼자 물러날 수도 없는 차의명이다.

"적이 그렇게 두려우시면 뒤로 물러나 있으세요. 아니면 지금 표국을 떠나도 좋아요."

위소아가 마음에 담아두었던 말을 가감 없이 꺼내 든다. 그러자 차의명이 슬쩍 노기를 드러낸다.

"소국주, 이 차의명을 뭐로 보고 하는 소립니까? 난 그렇게 신의가 없는 사람이 아닙니다."

"하면 적과 맞서 싸우세요. 지금은 청마표국의 운명을 걸고 싸울 때예요. 오늘 물러나면 청마표국은 없습니다."

위소아가 단호하게 말했다.

"그러나 적이 너무 강합니다."

"얼굴도 보지 못한 적에게 겁을 집어먹을 정도로 겁쟁이가 아닙니다, 나는!"

위소아가 싸늘하게 말하고는 차의명을 지나쳐 앞으로 나섰다.

"곤륜에서 가져온 물건은 우리 청마표국의 존폐를 결정하는 것이다! 그런 물건을 원할 때는 적어도 얼굴을 내비쳐야 하는 것 아닌가?"

위소아의 외침에 어둠 속의 적들이 잠시 침묵을 지켰다. 그러자 위소아가 다시 소리쳤다.

"모습을 드러내지 못할 사정이 있다면 그만 물러가라! 어찌 손발을 묶어두고 남의 물건을 탐하려 하는가!'

위소아의 기세는 나약한 여인의 그것이 아니었다. 또한 장사치의 그것도 아니었다. 그녀는 지금 이 순간 무인이고 고수였다. 그런 그녀의 모습에 청마표국의 표사들이 놀랄 지경이다.

"네가 바로 위소아구나."

어둠 속에서 다시 목소리가 들렸다.

"모습을 보여라!'

다시 위소아가 외쳤다.

"들자 하니 봉황문주에게 무공을 배웠다지? 그 실력을 내눈으로 보고 싶군. 주윤, 상대하라!'

어둠 속의 괴인이 명을 내리자 위소아 앞에 홀연히 한 명의 사내가 모습을 드러냈다. 대략 삼십 대 중반으로 보이는 사내는 무표정한 얼굴과 무거운 눈빛을 지니고 있었다.

사내가 나타나자 위소아가 한 걸음 뒤로 물러난다. 그러나 두려워서는 아니다. 싸움을 준비하기 위함이다.

"사형께 그대의 무공이 예사롭지 않다는 말은 들었지."

사내가 말했다.

"사형?"

"곤륜에서 만난 사람이 나의 사형이오."

"관묘검이라는……?"

"그렇소."

순간 위소아의 표정이 딱딱하게 굳었다. 그를 사형이라 부르는 자라면 마천의 고수다.

"역시 마천이구나."

"그렇소. 우린 마천의 사람이오. 그러니 부족함을 안다면 물러나시오. 지금은 그도 없지 않소?"

"그? 누구 말이냐?"

"라마 목불 살자이 말이오. 그라면 모를까, 소국주는 내 상대가 아니오."

"길고 짧은 것은 대봐야 아는 법!"

위소아가 검을 들어 상대를 겨눈다. 그러자 사내가 여전히 무심한 표정으로 말했다.

"사실은 나도 봉황문의 무공을 보고 싶었소. 난… 적주윤이라 하오."

말이 끝나는 순간 마천의 고수 적주윤의 도가 움직였다.

쐐액!

한줄기 도기가 위소아를 쓸어간다. 그러자 위소아가 훌쩍 허공으로 솟구치며 매섭게 검을 뿌렸다.

촤아악!

위소아의 검에서 일어난 다섯 줄기의 검기가 적주윤의 도세를 휘어 감았다.

카카캉!

매서운 도검의 충돌음이 삽시간에 객잔을 뒤흔든다. 두 개의 병기가 부딪치며 화려한 불꽃이 일어났다.

그사이 어느새 두 사람의 위치가 변해 있다. 적주윤이 위에, 위소아가 아래로 내려가 있다.

"좋은 솜씨요!"

적주윤은 여유가 있어 보였다. 그의 도가 무서운 속도로 떨어져 내렸다. 그러자 위소아가 슬쩍 신형을 틀어 아슬아슬하게 적주윤의 도를 피해내고는 그대로 검을 찔렀다.

팟!

위소아의 검이 매섭게 적주윤의 옆구리에 꽂혔다. 순간 적주윤이 갑자기 왼손을 들어 올리더니 위소아의 검을 맨손으로 밀어냈다.

적주윤의 손에 밀린 위소아의 검이 크게 휘어진다. 그야말로 놀라운 비기다. 날을 피해 검면을 밀어내는 적주윤의 무공은 강호의 노고수들도 쉽사리 시전하지 못하는 수법이다.

생각지 않은 적주윤의 일수에 위소아가 흔들렸다. 순간 그 기회를 놓치지 않고 적주윤이 도를 들어 위소아의 팔을 후려쳤다.

캉!

위소아가 자신의 팔로 떨어지는 적주윤의 도를 검으로 막아내며 몸을 빼는 순간, 검이 적주윤의 도에 격중됐다.

"흡!"

위소아가 다급한 목소리를 흘려낸다.

챙그랑!

어느새 그녀의 손을 벗어난 검이 마당 한쪽에 있던 바위에 부딪치며 날카로운 소리를 냈다.

"소국주!"

검을 놓쳐 당황하는 위소아를 곽건상이 급히 불렀다. 그리고는 재빨리 자신의 검을 뽑아 위소아에게 던졌다.

그런데 적주윤은 상대가 병기를 다시 얻는 것을 방해하지 않았다. 위소아의 손에 금세 다시 검이 들렸다.

"날 모욕하는 것이냐?"

위소아가 검을 고쳐들며 물었다.

"모욕이라니 무슨 말씀을!"

적주윤이 고개를 젓는다. 그러자 위소아가 더 화가 난 표정으로 물었다.

"그럼 왜 내게 검을 들 기회를 다시 준 것이냐?"

"무인으로서 어찌 병기도 없는 상대를 공격하겠소. 이는 무도에 어긋나는 일. 나 적주윤은 무인이오."

"마천에 몸담은 자가 무도를 따지다니 우습구나."

위소아가 비웃듯 말했다. 그러자 적주윤이 안색을 고치며 말했다.

"그대가 청마표국의 후계자라면 그대의 조부로부터 들어 마천과 청마표국, 그리고 구천맹 사이에 벌어진 일을 잘 알고 있을 것이오. 그런데 감히 그대의 입으로 마천을 비난할 수 있소?"

적주윤의 추궁에 위소아가 일순 말문이 막혔다. 그러나 그도 잠시, 위소아의 입에서 다시 차가운 말이 흘러나온다.

"구천맹이 정(正)이라 말하지 않겠다. 또한 청마표국도 정은 아니다. 우린 이득을 위해 움직이는 상가다. 마천 역시 온전히 사(邪)는 아닐 것이다. 그러나 그대들은 과했어."

"뭐가 말이오?"

적주윤이 물었다.

"그대들은 매년 표국이 얻는 이득의 절반 이상을 요구했다. 표국을 거래의 상대가 아닌 마천의 노예로 만들려고도 했지. 반면 구천맹은 최소한 청마표국이 독자적으로 생존할 여유를 주었다. 그대라면 어느 쪽의 손을 잡겠는가?"

위소아의 물음에 적주윤이 고개를 끄떡였다.

"그렇군. 충분한 이유가 있었군. 하지만 말이오, 소국주는 이걸 알고 있소?"

"무엇을 말이냐?"

"애초에 청마표국 등 삼상이 사천 상계의 강자로 성장하게 된 것은 모두 마천의 도움 때문이었다는 것 말이오."

"그것이 청마표국이 마천의 수족이 되어야 하는 이유는 될 수 없다. 마천은 지나치게 독선적이었어."

위소아가 고개를 젓는다.

"후후후, 모든 이유를 가져다 대면 거래가 될 수 없지. 다시 한 번 기회를 주겠소. 물건을 놓아두고 물러가시오. 그럼 최소한 청마표국의 명맥은 유지하게 될 것이오."

적주윤이 경고했다.

"그대들이야말로 물러가라. 이미 천하의 패권은 구천맹에게 돌아갔다. 옛 영화를 잊지 못하는 것은 미망에 불과하다."

"역시 말로 해결될 문제가 아니었어."

적주윤이 도를 들어 올린다. 그러면서 중얼거렸다.

"더 이상 자비는 없소. 마천은 다시 태어났소. 복종이 유일한 의무가 될 거요. 그 시작이 청마표국이라는 것이 유감이오!"

팟!

적주윤이 땅을 차고 하늘로 솟구쳤다. 그리고는 위소아를 향해 날아갔다. 그러자 위소아가 급히 두어 걸음 뒤로 물러난 후 왼발을 앞에 두고 검을 들어 날아오는 적주윤을 겨눴다.

적주윤이 도가 번득였다. 시퍼런 도기가 벼락처럼 떨어져 내렸다.

위소아가 앞세운 검을 비틀었다. 그러자 그녀의 검에서 흘러나온 검기가 상대의 도기를 비껴내기 시작했다.

도와 검 사이에서 소름 끼치는 마찰음이 일어난다. 그러나 이미 한 번의 격돌에서 무공의 우열은 드러난 상태였다.

"악!"

한순간 위소아가 비명을 지르며 뒤로 날려갔다. 그녀의 입에서 피가 터져 나온다. 도에 베이지 않은 것만도 천행이다.

"사정을 봐주는 것은 오직 한 번뿐이오!"

뒤로 물러나는 위소아를 따라붙으며 적주윤이 소리쳤다. 적주윤이 도를 뻗어 단번에 위소아를 베려 했다. 그런데 그 순간 갑자기 어두운 하늘에서 차가운 노성이 터져 나왔다.

　"마두! 그 칼을 거두라!"

제6장

정(正)과 마(魔)

하늘에서 청색빛이 나타나더니 빛살처럼 뻗어 나와 적주윤의 도를 쳐냈다.

쾅!

강렬한 충돌음이 일어나고 그 여파에 적주윤이 대여섯 걸음 뒤로 물러났다. 그 순간 허공에서 여고수 한 명이 떨어져 내려 적주윤과 위소아 사이를 막아섰다.

"드디어 나타나셨군."

자신의 도를 막아낸 여고수들을 보고 적주윤이 희미한 미소를 짓는다. 아마도 누군가 나타날 것이란 걸 짐작하고 있는 듯 보였다.

"적주윤이라 했나? 처음 들어보는 이름이군."

"아마도 그럴 것이오. 강호에 나선 적이 없으니 말이오."

"마천은 장장 육 년 동안 강호를 호령했다. 그대의 나이가 적지 않고 그 실력 또한 놀라운데 마천의 군림 동안 출도를 하지 않았다니 대단한 야심가군."

"역시 곽 여협의 눈은 피할 수 없구려."

적주윤은 굳이 부인하지 않았다. 난세에 영웅이 난다. 난세가 아닌 시대에 어설프게 재주를 보였다가는 오히려 싹이 잘리기 십상이다.

"나를 알아보다니 안목 또한 놀랍군."

곽묘랑이 말했다.

"출도는 하지 않았어도 강호의 소식은 늘 들었소이다. 그러니 어찌 암기의 대가 곽묘랑 그 이름 석 자를 모르겠소."

"누구의 문하인가?"

이런 자를 길러낸 자라면 보통 인물이 아닐 것이라는 생각에 곽묘랑이 물었다.

"스승께서는 때가 되면 존안을 보여주실 것이오."

"그대를 꺾어야 한단 말이군."

"하하하, 역시 노련하시구려. 맞소이다. 날 꺾으면 스승께서 나서실 것이오."

"어려운 일은 아니지. 그대의 무공이 대단해도 아직은 내 상대가 아니다!"

곽묘랑이 한순간 두 손을 흩뿌렸다. 그러자 그녀의 손에서 두 개의 암기가 튀어나왔다.

쐐액!

두 개의 암기가 청색빛을 내며 적주윤의 심장을 좌우에서 파고든다. 앞서 적주윤의 도를 막은 그 암기다.

적주윤이 번개처럼 도를 좌우로 쳐낸다. 그러자 그를 향해 날아들던 암기들이 도에 막혀 방향을 잃고 허공으로 날아갔다. 그런데 미처 적주윤이 도를 회수하기도 전에 다시 세 개의 암기가 날아든다.

"이런!"

적주윤의 입에서 당혹한 목소리가 흘러나왔다. 적주윤의 허리가 기이한 각도로 꺾였다. 그러자 그의 배 위로 하나의 암기가 스치고 지나갔다. 순간 적주윤이 두 발을 차며 누운 듯 허공으로 떠올랐다.

파팟!

다시 두 개의 암기가 연이어 허공에 뜬 그의 등을 스치고 지나갔다.

"제길!"

적주윤의 입에서 욕설이 흘러나온다. 그러면서도 광풍처럼 도를 휘두르며 사오 장 뒤로 재빨리 물어났다.

곽묘랑은 더 이상 적주윤을 공격하지 않았다. 이 한 번의 격돌에서 적주윤이 자신의 상대가 아니라는 것을 증명했으므로 더 이상 적주윤을 상대로 진기를 소진할 필요가 없었다.

"과연 곽 여협의 암기는 무섭구려. 강호에 나와 내 피를 본 것은 오늘이 처음이오."

적주윤이 이를 갈며 말했다. 그런 그의 등에서 적지 않은 핏물이 새어 나오고 있었다.

"이젠 그대의 스승을 볼 자격이 생겼겠지?"

곽묘랑이 물었다.

"아직은 아니오. 그대의 암기는 잘 보았으니 이제 내 도를 막아내 보시구려. 막아낸다면 그때 스승께서……."

"주윤! 물러나라!"

갑자기 담장 위 어둠 속에서 서늘한 목소리가 흘러나왔다. 그러자 적주윤이 곽묘랑을 향해 달려들려던 걸음을 멈추고 뒤를 돌아보며 말했다.

"기회를 주십시오."

"됐다. 기회는 나중에 얼마든지 있다. 오늘은 좀 더 중요한 일이 있지 않느냐?"

어둠 속의 목소리가 부드러워졌다. 그러자 적주윤이 고개를 숙이며 대답했다.

"명에 따릅니다."

"좋아, 그럼 물러나라."

다시 명이 떨어지자 적주윤이 훌쩍 위로 솟구쳤다. 그리고 한순간에 담장 위 어둠 속으로 자취를 감췄다.

"곽 여협!"

다시 어둠 속의 목소리가 들린다.

"얼굴을 보이시오!"

곽묘랑이 담장 위를 보며 일갈했다.

"나의 얼굴을 보는 자는 모두 죽어야 하오. 그런데 내 얼굴을 보길 원하시오?"

"광오한 자군. 어둠 속에 숨어 협박이나 해대는 자를 그 누가 두려워하랴!"

곽묘랑이 비웃었다. 순간 거짓말처럼 담장 위에서 한 사람이 나타났다. 흑의 장삼을 입고 얼굴에는 나무로 된 가면을 쓰고 있다. 그러자 곽묘랑이 유심히 나무 가면을 쓴 자를 살피다가 나직하게 탄식했다.

"아, 당신이 살아 있을 줄이야!"

"내가 누군지 알겠소?"

"비록 얼굴은 가렸으나 그 기도, 그 움직임, 어찌 잊을 수 있겠는가? 목왕 적월, 바로 당신이군!"

곽묘랑의 얼굴에 적의가 서린다. 그러자 나무 가면의 사내가 호탕한 웃음을 터뜨렸다.

"하하하! 역시 곽 여협이오. 한 번 본 사람은 잊지 않는다 하여 그 말을 믿지 않았더니……."

"놀라운 일이구려! 당신이 살아 있다니!"

"천우신조라고 할까. 다행히 살수의 검이 심장을 비껴 나 살수 있었소. 그런데 그자들은 모두 죽었다지?"

목왕 적월은 공포의 이름이다. 마천이 천하를 장악해 가던 시절, 구천맹의 고수들은 목왕 적월이라는 이름을 듣기만 해도 도검을 던지고 도망을 칠 정도였다.

그가 목왕이라 불리는 이유는 그의 눈빛이 사람의 정신을 흩트리는 마력을 지니고 있기 때문이었다. 그 마력에 빠지면 상대는 반드시 적월의 손에 죽었다. 그래서 누군가는 목왕 적월의 눈을 악마의 눈이라 부르기도 했다.

"모두는 아니오."

"잘됐군. 내 자칭 강호의 검은 별이라 하는 자들의 씨를 말리는 것을 원으로 삼았거늘, 살아 있는 자가 있다니……."

"그대와 같은 마인이 살아 있는 한 흑성은 끊임없이 배출될 것이오."

곽묘랑이 차갑게 대꾸했다.

"후후후, 그대도 말실수를 할 때가 있군. 지금 그 말은 곧 구천맹에서 다른 흑성들을 길러냈다는 의미인가?"

적월의 물음에 곽묘랑이 낭패한 표정을 짓는다. 자신도 모르게 새로 길러낸 흑성의 존재를 알린 꼴이 된 것이다.

"형제들에게 알려야겠어. 구천맹의 검은 별이 다시 강호에 떴으니 각별히 조심하라고 말이야."

적월의 말하자 곽묘랑이 고개를 저으며 말했다.

"그대에게는 그럴 기회가 없을 것이오. 왜냐하면 오늘 그대는 이곳에서 살아가지 못할 테니까!"

곽묘랑이 차갑게 말했다. 그러자 목왕 적월이 웬일인지 순순히 고개를 끄떡인다.

"물론 예상은 하고 있었소. 구천맹의 고수들이 함정을 파고 기다릴 것이라고."

"그럼에도 이곳에 나타났다는 것은 그만큼 사천 상계가 그대들에게 중요하단 의미구려. 구화방의 몰락을 막기 위해 이런 위험을 감수할 정도이니……"

그러자 적월이 다시 고개를 끄떡였다.

"중요하지. 어찌 중요하지 않겠소. 서슬 퍼런 구천맹의 세상에서 사천 상계를 손에 넣은 곳인데. 그래서 그들에게 서하왕의 보물을 선물로 주려 하는 것이오."

적월의 말에 곽묘랑의 표정이 살짝 변했다.

"선물이라 하셨소?"

"귀한 자들에겐 귀한 선물이 필요한 법이지."

"이상한 일이구려."

곽묘랑이 의혹 어린 표정으로 적월을 바라본다.

"무엇이 말이오?"

적월이 되물었다.

"과거 마천은 자신들이 키운 문파나 상가를 철저하게 장악했소. 청마표국 역시 마찬가지지. 그래서 그들이 마천을 떠나 구천맹과 손을 잡게 된 것이오. 그런데 구화방에 대해서는 왜 그렇게 조심하는 것이오? 목왕의 보물을 선물로 주려 하다니 믿을 수가 없구려."

그러자 목왕 적월이 고개를 저었다.

"당신들은 뭘 잘못 알고 있구려."

"무엇을 말이오?"

"구화방은 마천의 도움을 받지 않았소. 구화방은 스스로 성장한 표국이오. 그러니 본 천이라도 그들과 좋은 인연을 맺으

려면 제대로 된 선물을 해야 하지 않겠소?'

적월의 말에 곽묘랑이 당황한 표정을 짓는다. 지금까지 구천맹이나 사천삼상은 구화방의 뒤에 마천의 잔당이 있을 거라 확신하고 있었다. 그런데 마천이 구화방의 성장에 관여치 않았다니 곽묘랑으로선 당황스런 일이 아닐 수 없었다.

만약 적월의 말이 사실이라면 구화방을 적대시하는 것은 긁어 부스럼을 만드는 격이 된다.

"그대의 말을 어찌 믿겠소?'

일단 목왕 적월의 말을 의심할 수밖에 없었다. 그러자 적월이 웃음을 흘리며 말했다.

"후후후, 이미 그대도 내 말이 거짓이 아니라는 걸 알고 있을 거요. 나에 대해 잘 알고 있으니 말이오."

적월의 말을 곽묘랑은 반박할 수 없었다. 강호의 모든 사람이 목왕에 대해 알고 있는 또 하나의 사실은 그가 절대 허언을 하는 사람이 아니라는 것이다.

"음……."

곽묘랑이 나직하게 침음성을 흘린다. 모든 일이 어그러진 느낌이 드는 모양이다. 마천이 아니라면 이 싸움은 말 그대로 상가 간의 싸움일 뿐이다. 구천맹이 개입할 일이 아닌 것이다.

"어떻소. 이제 실수를 했다는 걸 아시겠소?'

적월이 물었다. 그러자 곽묘랑이 물었다.

"구화방을 돕지 않았다면 왜 그동안 청마표국의 표행을 공격한 것이오?"

"후후, 그 또한 우리가 한 일이 아니오."

"그럼 구화방에서 단독으로 그 일을 해냈단 말이오?"

믿을 수 없는 일이다. 구화방이 비록 저력이 있다 해도 그들은 상가다. 지금까지 청마표국의 표행을 공격한 자들은 결코 상가의 표사일 수 없는 자들이었다.

"그 사정이야 우린들 어찌 알겠소. 하지만 구화방에 그만한 능력이 있다는 건 분명하지. 그래서 본 천도 그들과 인연을 맺으려 하는 것 아니겠소. 서하왕의 보물을 선물로 말이오."

목왕 적월이 말했다. 그러자 곽묘랑이 한참 생각에 잠겼다가 고개를 흔들며 말했다.

"구화방의 일은 사실 지금 아무런 의미가 없소. 지금은 본맹과 마천의 승부만이 있을 뿐이오. 오늘의 승부를 보고 구화방도 행보를 결정하게 될 것이오."

"맞는 말이오. 역시 곽 여협은 현명한 분이오. 오늘의 승부가 중요하지. 그런데 그대 중에 나 목왕 적월을 상대할 자가 과연 있소?"

적월이 오만한 목소리로 말했다. 그러나 누구도 목왕 적월의 오만함을 비웃는 자가 없다. 그는 오만할 자격이 있는 인물이었다.

"물론 그대의 무공이 절대지경에 이른 것은 인정하오. 그러나 강호의 싸움을 어찌 무공만으로 하겠소."

곽묘랑이 말을 하면서 가볍게 손을 들어 올렸다. 그러자 청마표국의 표사들 뒤쪽 객잔 지붕 위에서 한 무리의 사람이 모습을 드러낸다. 구천맹의 고수들이다.

"역시 준비를 했군."

적월이 구천맹 고수들을 보며 중얼거렸다.

"그렇소. 이 표행은 처음부터 마천을 위해 준비한 것이오. 쓰이지 않을까 걱정했는데 이렇게 마지막에 제대로 쓰게 되는구려."

"어느 분이 또 오셨소?"

목왕이 지붕 위에 올라선 자들을 보며 물었다. 별로 놀라는 눈치도 아니다.

"목왕, 오랜만이오!"

문득 지붕 위에서 한 노인이 내려섰다. 사람들의 시선이 일제히 노인에게로 쏠렸다. 노인이 내려서자 곽묘랑이 옆으로 자리를 비켜준다.

"북산도왕이 오셨군!"

목왕 적월의 목소리가 처음으로 딱딱해졌다.

"세상에, 저 늙은이가 올 줄이야."

중광이 부릅뜬 눈으로 중얼거렸다.

"그러게 말이다. 난 그의 얼굴을 처음 봐."

궁비영이 말했다.

"나도 처음이다. 참나, 북산에서도 보지 못한 북산도왕을 이 머나먼 사천에서 보다니."

북산도왕 척목아는 제룡가 출신의 고수다. 북산 제룡가의 고수 중 마천과의 싸움에서 명성을 얻은 자가 적지 않지만, 척목아만큼의 명성을 얻은 자는 드물었다.

그는 제룡가주 척담산의 사촌 아우로 알려진 자인데, 무공에 있어서는 척담산을 능가하다는 평을 받고 있었다. 그는 마천과의 싸움에서 권마 상앙을 베었는데, 그 한 번의 승부가 그를 북산제일고수로 만들었다.

그는 구천맹에 무원이 생길 때 오죽노의 특별한 부탁으로 북산을 떠나 구룡대산으로 가게 되었고, 그 이후에는 북산에선 얼굴 보기가 힘들어진 인물이다.

"놀랍군. 북산도왕이 오다니!"

"후후, 목왕과 도왕, 두 명의 왕이 모였으니 그중 한 명은 왕좌를 내놓아야 하지 않겠소?"

척목아가 여유있는 표정으로 물었다. 그는 목왕 적월과의 싸움을 무척 기대하는 눈치였다.

"싸움을 피할 생각은 없소. 대신 의미 없는 싸움은 하기 싫구려."

"원하시는 바를 말하시오."

척목아가 시원하게 대답했다.

"서하왕의 보물!"

적월이 대답했다. 그러자 척목아가 즉시 대답한다.

"좋소, 대신 나도 원하는 것이 있소."

"말하시오!"

"그대의 항복이오!"

순간 적월의 눈에서 한줄기 한광이 흘러나온다. 나무 가면 뒤에 가려진 그의 표정이 어떠할지 짐작할 수 있는 눈빛이다.

"마천과 구천맹의 싸움은 어차피 생사전, 그대와 내가 겨루어 지는 자는 당연히 목이 떨어질 터이니 굳이 그런 조건을 걸 필요는 없소."

무서운 경고다. 반드시 피를 보겠다는 의미다.

"과연 목왕답소. 일도를 받으리다."

척목아가 도를 빼 들었다. 그러자 목왕 적월이 훌쩍 담장 위에서 날아내렸다. 어느새 그의 손에도 한 자루 도가 들려 있다.

"오늘에서야 권왕의 복수를 하게 되는군."

"아마도 친구 곁으로 가게 될 것이오."

척목아가 지지 않고 말했다.

"그도 나쁘지 않지."

적월이 번개처럼 도를 뿌리며 말했다. 그러자 그의 도에서 불그스레한 도기가 일어나더니 그대로 척목아의 가슴을 갈라갔다.

"성미가 급하시구려!"

척목아가 마주 도를 뻗으며 소리쳤다.

쿠웅!

도기와 도기가 충돌하며 묵직한 파열음이 일어났다. 그러자 두 사람이 거의 동시에 서너 걸음 뒤로 물러났다. 일 초의 겨

룸은 무승부다.

싸움이 한순간에 멈췄다. 팽팽한 긴장감이 장내를 휘감아 돈다. 이후 두 사람은 누구도 먼저 쉽게 서로를 공격하지 않았다. 단 일 수에 승부가 날 수 있음을 서로 알고 있기 때문이다.

"어때?"

"뭐가?"

중광의 질문에 궁비영이 되물었다.

"누가 이길 것 같아?"

"아무도 이기지 못해."

"무슨 소리야?"

중광이 궁비영을 돌아보며 물었다.

"두 사람 모두 목숨 걸고 승부를 보지는 않을 거란 말이지."

"그럼 뭐 하러 싸우냐?"

"모두 시간이 필요하기 때문이지. 구천맹은 날이 밝기를, 마천은 충분히 물러날 시간을!"

"뭐? 마천이 물러간다고?"

"바보 놈아, 싸움만 쳐다보지 말고 주변을 좀 살펴."

궁비영이 못마땅한 표정으로 중광을 흘겨봤다. 그러자 중광이 재빨리 고개를 돌려 주변을 살피기 시작했다. 그러더니 이내 고개를 끄떡였다.

"움직이는구나."

"그래. 마천의 무리가 물러가고 있어. 전면전을 할 생각이 없는 거지. 목왕은 시간을 끌고 있는 거고."

"젠장, 그럴 거면 뭣하러 나타났을까?"

중광이 고개를 갸웃한다.

"여러 가지 이득이 있지. 구천맹이 청마표국을 돕고 있다는 걸 세상에 드러낸 것만으로도 큰 이득이야. 그렇게 되면 구화 방이 구천맹과 손을 잡을 수 없을 테니까."

"듣고 보니 그러네. 구화방이 청마표국을 돕는 구천맹과 인 연을 맺기는 어렵겠지."

"그리고 만약 구천맹의 고수들이 오지 않았다면 당연히 서 하왕의 보물을 손에 넣었겠지. 마천으로선 손해날 것 없는 장 사지."

"하지만 자신들의 존재를 드러내게 되었잖아?"

"후후, 그 또한 무슨 계산이 있겠지. 어쩌면 강호에 마천의 부활을 정식으로 알리려 했을 수도 있고."

"준비가 되었다는 뜻인가?"

"무서운 일이지."

"음, 이크!"

중광이 갑자기 놀란 목소릴 흘려냈다.

쿠쿠쿵!

천지가 무너지는 소리를 내며 객잔의 담장이 무너져 내렸 다. 목왕 적월과 북산도왕 척목아가 다시 싸우기 시작한 것이 다.

적아의 구분 없이 사람들이 전율했다. 적월과 척목아의 싸움은 광풍 같았다. 두 사람 모두 도를 사용했고, 두 사람 모두 강력한 진기를 바탕으로 무거운 초식들을 펼쳤다.

그들의 도초가 격돌할 때마다 애꿏은 객잔 담장만 무너져 갔다. 승부는 쉽사리 나지 않았다. 두 사람의 무공이 비등하기도 하려니와 척목아가 목왕에게 가까이 접근하지 않은 것도 또 한 이유였다.

척목아는 목왕의 눈을 경계하고 있었다. 나무 가면 뒤에서 흘러내는 그 안광에 한순간이나마 현혹되는 순간 척목아의 목이 떨어지고 말 터였다. 그러니 척목아는 접근전은 아예 생각도 하지 않았다.

반면, 거리를 둔 싸움은 치명적인 살초들을 전개하기 어렵게 만든다. 목왕 적월이라도 거리를 좁히면 싸움이 좀 더 치열해지겠지만 웬일인지 적월 역시 척목아를 강하게 밀어붙이지지는 않았다.

그렇게 두 사람의 대결이 이백여 초에 이르렀다. 그때 문득 마천의 무리가 숨어 있던 담장 뒤 어둠 속에서 한 명의 인영이 나타나 무너진 담장 위에 섰다.

"모두 물러났습니다!"

사내가 척목아와 겨루고 있는 적월에게 소리쳤다. 그러자 적월이 한차례 기합성을 터뜨리며 도를 강하게 휘둘렀다.

"하앗!"

순간 그의 도에서 사오 장에 이르는 도기가 솟구쳤다. 도기는 벼락처럼 떨어져 척목아를 덮쳤다.

"앗!"

싸움을 지켜보고 있던 구천맹 고수들 사이에서 비명이 터져 나왔다. 적월의 도가 단번에 척목아를 베어버릴 것 같았다.

그러나 척목아 역시 고수다. 척목아가 살짝 한쪽 무릎을 굽히더니 도를 들어 자신을 향해 떨어져 내리는 적월의 도기를 막았다. 그의 도에서도 뿌연 아지랑이가 피어오른다.

쿠앙!

땅이 갈리는 듯한 굉음이 터져 나왔다. 그 충격에 싸움을 구경하던 자 중 일부가 자신도 모르게 뒤로 밀려났다. 그리고 그 순간 충격의 힘을 이용해 적월이 어두운 하늘로 까마득하게 솟구쳤다.

"하하하! 북산도왕, 오늘 즐거웠소! 다음에 봅시다! 다음에 볼 때는 조심해야 할 거요! 그리고 세상에 전해주시오! 마천이 다시 강호에 나왔음을!"

마지막 말이 들릴 때쯤에는 더 이상 적월의 모습이 보이지 않았다.

적월이 떠난 이후에도 척목아는 여전히 무릎을 꿇고 있는 상태였다. 그가 받은 충격이 적지 않음을 보여주는 것이다.

"도왕!"

뒤에서 싸움을 지켜보고 있던 곽묘랑이 얼른 척목아 곁으로 다가왔다. 그러자 척목아가 도를 짚고 몸을 일으켰다.

"괜찮소."

"과연 무서운 잡니다."

곽묘랑이 목왕 적월이 사라진 곳을 보며 중얼거렸다. 그러자 척목아가 고개를 끄떡였다.

"그렇소. 정말 무서운 자요. 사실 그가 살아 있다는 것조차도 놀라운 일이오. 이렇게 되면 맹의 계획은 변해야 하오."

"무슨 말씀이신지……?"

"마천의 잔당이 아니라 마천 그 자체를 다시 상대할 계획을 세워야 할 거요."

"설마 그렇게까지야……."

곽묘랑이 지나친 일이라는 표정을 짓는다. 그러자 척목아가 고개를 저었다.

"생각해 보시오. 비록 흑성야와 월곡투를 통해 마천을 몰락시켰지만 그건 그야말로 기습이었소. 사실 그 당시 마천이 어느 정도의 피해를 입었는지는 정확하지 않소."

"그래도 마천사십구마 중 팔 할을 제거하지 않았습니까?"

"그렇기는 하오만… 정작 가장 중요한 몇몇 마두의 생사를 확인하지 못했소. 목왕 적월 역시 그런 자 중 하나가 아니오? 흑성을 동원한 생각지 못한 기습으로 일순간 마천의 세력이 와해되었다고는 하나 그들의 저력을 생각하면……."

"그렇게까지 엄중하게 보신다면 구룡지회를 소집하는 것이 좋겠군요."

"아무래도 그래야 할 것 같소. 더군다나 놈들이 온전히 자신의 존재를 드러냈다는 것은 이미 준비가 끝났다는 의미일 것이오."

"알겠습니다. 그럼 오죽노께 연락을 하지요."

"그래주시오. 그리고 이제부터는 맹의 고수들로 하여금 청마표국의 표행을 지키게 하겠소."

"그럴 필요까지야……."

곽묘랑이 지나친 결정이라는 듯 되물었다.

"마천은 집요한 자들이오. 한 번 노린 목표물은 쉽게 포기하지 않소. 청마표국은 이제 더더욱 본 맹에 중요하게 되었소."

"그렇군요. 오늘의 일이 전해지면 구화방은 절대 본 맹에 우호적이지 않을 거예요."

곽묘랑이 고개를 끄떡였다.

"어차피 한 번은 피가 필요한 일이기는 하오."

"그 아이들, 어쩔까요?"

곽묘랑이 심각한 표정으로 물었다. 그러자 척목아가 대답했다.

"일단 일을 중지시키고 오죽노의 지시를 기다립시다."

"알겠습니다. 그리하지요."

곽묘랑이 대답했다. 그런데 그때였다. 갑자기 객잔 안에서 청마표국의 표사 한 명이 뛰어나오며 다급하게 위소아를 찾았다.

"소국주님!"

"무슨 일인가요?"

위소아가 침착하게 물었다.

"없어졌습니다."

"뭐가 없어졌다는 거죠?"

"그, 그게… 곤륜에서 가져온 보물이 모두……."

순간 위소아의 얼굴이 하얗게 질렸다.

"아!"

"소국주님!"

위소아를 시중드는 여인들이 재빨리 그녀를 부축했다. 그러자 위소아가 여인들의 손길을 뿌리치며 매섭게 말했다.

"앞장서요!"

위소아가 주저앉을 듯 흔들거렸다. 다시 시녀들이 그녀를 부축한다.

"어떻게 이런……!"

위소아가 말을 잇지 못한다. 서하왕의 보물을 놓아두었던 창고 바닥에 커다란 구멍이 뚫려 있다. 당연히 보물들은 사라지고 없었다.

"이놈들이 시간을 벌려 했군! 교활한 놈들!"

척목아가 분기를 참지 못하고 주먹을 움켜쥔다.

"이 일을 할 수 있는 자가 누구죠?"

곽묘랑이 물었다. 그러자 척목아가 잠시 생각에 잠겼다가 대답했다.

"단독으로 하자면 토귀와 천수, 천하이도밖에 없소. 물론 마천의 지천왕도 가능하지만 그는 죽음이 확인되었으니 제외하고……. 혹 그의 제자들이 있을 수도 있소. 그리고……."

척목아가 말꼬리를 흐린다. 그러자 곽묘랑과 위소아가 그를 돌아봤다.

"그리고… 그들이 있소."

척목아가 차마 입에 올리지 못하겠다는 듯 그들이란 말로 누군가를 지칭했다. 그러나 곽묘랑과 위소아는 이미 그의 말을 알아들은 듯했다.

"그렇군요. 잠시 그들을 잊고 있었어요. 토귀와 천수는 감히 구천맹의 일에 관여할 용기가 없을 것이니 결국 마천 아니면 그들이군요."

곽묘랑이 말했다.

"목왕이 시간을 끌었으니 마천이겠지요."

위소아가 말했다. 그러자 척목아가 고개를 저었다.

"가능성은 반반일세. 목왕의 성정을 생각하자면 이런 일을 벌일 자는 아니지. 그는 누구보다 자존심이 강한 사람이니까."

"하면 역시……."

"칠 할은 그들이네."

척목아가 대답했다. 그러자 곽묘랑이 중얼거린다.

"큰일이군요. 그들에게 그 막대한 금자가 들어간다는 것은……."

"그러게 말이오. 그들에게 금자는 천군만마보다 큰 힘이 될 거요. 인간의 가장 큰 약점은 재물이고 그들은 그걸 이용할 줄 아는 자들이오."

척목아가 한숨을 쉰다.

"마지막 보루였는데……."

위소아가 침통한 표정으로 중얼거렸다. 금자가 누구의 손에 들어갔는가는 사실 그녀에게 중요하지 않았다. 오직 청마표국이 서하왕의 보물들을 잃었다는 것이 중요했다.

그 보물은 청마표국이 부활할 유일한 기회였다.

"너무 상심 마시게. 오죽노께서 다른 대책을 세워주실 걸세."

척목아가 말했다.

"외부의 도움으로 표국이 살아나면 과거의 불행을 반복하게 되겠지요."

"오죽노께서는 그런 분이 아니란 걸 소국주가 더 잘 알고 있지 않은가?"

척목아가 단호하게 말했다.

"물론 그분의 인품을 의심하는 것은 아니에요."

위소아가 얼른 변명을 한다. 아무리 그녀가 도도해도 감히 구천맹 제일의 현자라 불리는 오죽노를 비방할 수는 없었다.

"오히려 좋은 기회라 생각하게. 서하왕의 보물이야 일시의 재물이지만 오죽노께서 내주실 방책은 아마도 청마표국을 영원한 상계의 거두로 만들 수단이 될 걸세."

"그건 도왕님의 말이 맞네. 이번 일의 목적이 오직 청마표국의 재건만이 아닌 것은 소국주도 아시지 않는가?"

"그렇기는 합니다만 그래도 아쉬움이 남는군요."

위소아가 실망한 표정으로 말했다.

"어찌 보면 이번에 청마표국은 맹을 위해 큰 희생을 한 것이라고도 할 수 있네. 애초에 마천의 잔당을 끌어내기 위한 목적이 아니었다면 이렇게 큰 표행을 꾸릴 이유가 없었지."

척목아가 말했다.

"그리 말씀해 주시면 고마운 일이지요."

"어차피 의미 없는 표행이 아니었으니 뒷일을 맹에 맡겨보세. 맹에서 반드시 표국을 재건할 기회를 만들 걸세."

"알겠습니다."

위소아가 의기소침한 표정으로 대답했다. 그러자 척목아가 곽묘랑을 보며 물었다.

"추격은 가능하겠소?"

"이미 시작되었을 겁니다."

"음, 조심해야 할 것이오."

"단단히 당부를 해놓았으니 걱정하실 필요 없습니다."

"좋소. 그럼 형제들을 단속해 휴식을 취하도록 합시다."

*　　　　*　　　　*

표행은 계속되었다. 금은보화가 털린 것은 내부의 사정이고 밖으로는 이번 서장행은 큰 성공처럼 보였다.

관도를 따라 줄지어 서역의 물건을 실은 말과 마차가 이어졌고, 성도가 가까워질수록 청마표국이 표행에 성공해 재기를 하게 되었다는 소문이 표행보다 빠르게 퍼져 나갔다.

궁비영과 중광 역시 여전히 표행을 따르고 있었다.

"그러니까 구화방의 뒤에 마천이 있는 것이 아니란 말이지?"

"그런 모양이다."

중광의 물음에 궁비영이 대답했다.

"다행이군."

"뭐가?"

"일단은 쓸데없는 살행은 하지 않아도 되니까."

중광이 대답했다. 중광 역시 내심으로는 살행에 대한 부담이 컸던 모양이다.

"계속 피할 수는 없는 일이지."

"하긴… 흑성이 된 이상은. 그나저나 보물은 누가 가져간 걸까?"

"곧 알게 되겠지."

"그게 무슨 소리냐? 범인을 찾을 수 있단 말이야?"

"지금쯤 다른 조에서 쫓고 있을 거야."

"듣고 보니 그러네. 우리만 온 게 아니니까. 오조가 추격 중일까?"

"가능성이 가장 많지."

오조라면 당목이 이끄는 흑성들이다.

"위험한 일인데……."

중광은 당목이 걱정되는 모양이었다.

"우리 일 중 위험하지 않은 일이 있겠어?"

"하기야……."

그때였다. 문득 곽묘랑이 두 사람에게로 다가왔다. 객잔에서의 싸움 이후 곽묘랑과 척목아는 세상의 눈을 의식하지 않고 표행과 동행하고 있었다.

"맹에서 전갈이 왔네."

맹의 전갈이라면 구화방주의 암살에 대한 문제일 터였다.

"어찌할까요?"

중광이 물었다.

"일단 구화방에 잠입하게. 그리고 그들의 배후를 알아내게."

"또 표사 짓을 해야 하나?"

"얼굴이 알려졌으니 그것은 어렵지."

중광의 말에 궁비영이 고개를 저었다. 그러자 곽묘랑이 말했다.

"구화방에서 최근에 수시로 역부를 모집한다고 하더군."

"역부요?"

중광이 인상을 찡그리며 물었다.

"그렇다네. 사천의 상권을 장악하다시피 하니 물건 나를 사람이 부족한 모양이야. 성도의 포구에서 구화방을 오가며 짐을 나르는 일을 하는데 삯이 좋아 힘센 장정들이 각지에서 모여들고 있다고 하네."

"그러니까 우리더러 짐꾼이 되란 말입니까?"

중광의 물음에 곽묘랑이 낯빛 하나 변하지 않고 말했다.

"표사나 호위무사로 들어가는 것은 위험한 일이네. 그들도 눈이 있다면 청마표국의 표행을 눈여겨보았을 것이네."

"짐꾼이 된다고 얼굴이 바뀝니까?"

"그래도 관심은 덜 받게 마련이지. 더군다나 변복을 하고 역용을 하면 알아보지 못할 걸세. 이럴 때를 대비해 천환을 배운 것 아닌가?"

곽묘랑이 말했다. 그러자 궁비영이 물었다.

"역부들이 장원 안에 머물 수 있습니까?"

"성도에 집이 없는 사람은 보통 포구 근처의 숙소에 머문다고 하더군. 하지만 가끔 돌아올 길이 멀 경우에는 장원 안에서 방을 내어준다고 하네."

"그때를 노려야겠군요."

"그렇겠지. 어쨌든 그리 두려워할 일은 아니지 않은가? 아무리 대단해도 상대는 장사치일 뿐이니."

곽묘랑이 두 사람을 보며 말했다.

"쉬운 일도 아니지요."

"그렇게 생각하나?"

"사천삼상 뒤에 구천맹이 있다는 걸 알면서도 사천의 상권을 장악한 자들입니다."

"음, 두려운가?"

곽묘랑이 묘하게 궁비영의 심기를 긁는다. 그러나 궁비영 역시 예전 북산에서 방탕하게 살던 그가 아니다.

"두렵지요."

"그래서 거부하겠나?"

"그럴 기회가 있다면 그렇게 하지요. 그런데 그래도 됩니까?"

이번에는 궁비영이 곽묘랑의 심기를 건드린다.

"아닐세. 자네들이 가야 하네. 지금은 자네들밖에 없어."

"알겠습니다. 그럼 가지요."

궁비영이 선심 쓰듯 말했다. 그러자 곽묘랑이 씁쓸한 표정을 지었다.

"자네… 심술이 보통이 아니군."

"심술이라니요. 제가 어찌 감히 삼관주께……."

궁비영이 짐짓 머리를 조아린다.

"휴, 그만두세. 아무튼 이번 일이 끝나면 오죽노 님을 뵐 수 있을 걸세."

"이곳에 오십니까?"

궁비영이 놀란 표정으로 물었다. 오죽노 혜간이 사천으로 온다면 그야말로 놀랄 일이다. 그는 구룡대산을 벗어나는 일이 거의 없는 사람이었다.

"한 달 뒤에 오실 걸세. 그때까지 성과를 얻기 바라네."

"뭐… 노력하지요."

궁비영이 심드렁하게 대답했다. 한 달이라면 결코 긴 시간이 아니다. 자연스럽게 구화방의 사람이 되어 정보를 얻기에는 부족한 시간이다. 그러니 결국 무리를 해야 할 것이다.

"기대하겠네. 지금 떠나도 좋네."

미처 성도에 도착하지도 않은 상태이다. 매정한 면이 없지 않은 명령이다.

"알겠습니다. 날이 저물면 떠나지요."

"좋도록 하게."

곽묘랑이 대답을 하고는 휑하니 앞으로 가버린다. 그러자 중광이 궁비영을 타박했다.

"왜 심기를 긁고 그래?"

"먼저 시비를 건 건 삼관주야."

"휴, 그래도 맹의 어른인데……."

중광이 불편한 표정을 지어 보인다.

"글쎄다. 맹의 어른이라……. 어른은 본래 아이를 지켜줘야 하는 법인데 우린 사지로 내몰리고 있어. 그걸 명심해."

궁비영이 차갑게 대답했다.

그날 저녁 성도를 눈앞에 두고 궁비영과 중광은 표행을 떠났다.

제7장

구화방

"에라, 잇!"

쿵!

죽광이 힘쓰는 소리를 내자 수십 근의 짐이 단번에 마차에 올려졌다.

"야! 이 친구 정말 힘이 장사군!"

마차 위의 마부가 대견한 듯 중광을 보며 말했다.

"다 됐지요?"

중광이 물었다.

"타게."

마부가 고개를 끄떡인다. 그러자 중광이 마차에 오르며 조금 떨어진 곳에서 열심히 짐을 싣고 있는 궁비영에게 소리쳤다.

"먼저 간다! 장원에서 보자!"

"술이나 받아놔!"

궁비영이 대꾸했다.

"걱정 마라! 이 형님이 어련히 알아서 할까! 가시죠."

중광이 궁비영에게 손을 흔들어 보이고는 마부에게 말했다. 그러자 마부가 고개를 끄떡이면서 말했다.

"좋아, 가세. 그리고 내 좋은 주점을 알고 있으니 가는 길에 들러주지."

"아이고, 이거 감사합니다. 다시 장원을 나와야 할 줄 알았는데."

"그 정도야 언제든 할 수 있지. 나도 자네처럼 좋은 짝을 만나 일이 한결 수월해졌어. 다른 놈들이 날 얼마나 부러워한다고."

"하하하, 제가 힘쓰는 거라면 자신 있지요."

"그러게 말일세. 이렇게 역부나 하며 살기에는 아까운 재주야. 관군에 들어가 보지 그래? 도검만 조금 익히면 장군이 되고도 남을 텐데."

"에이, 칼 들고 사람 죽이는 일을 뭣하러 해요. 그저 이렇게 열심히 일해서 금자를 모은 후 고향에 가서 농사나 지으려고요."

"그래? 그것도 좋지. 고향이 어디라고 했지?"

"산서요."

"산서라……. 멀리서도 왔군."

"일을 찾아다니다 보니 여기까지 오게 되더군요. 구화방의 소문이 멀리까지 퍼졌어요. 삯이 세다고."

"음, 맞는 말이야. 천하의 상가 중 구화방처럼 삯이 후한 곳은 없지. 잘 왔네. 이럇!"

마부가 기분 좋게 채찍을 휘둘러 마차를 출발시켰다.

궁비영과 중광이 구화방의 역부가 되는 것은 어렵지 않았다. 두 사람 모두 또래의 젊은이에 비해 힘이 센 편이기에 역부가 되는 것은 식은 죽 먹기였다.

변복을 하고 환술 천환을 이용해 용모도 살짝 바꿨기에 두 사람을 의심하는 사람도 없었다. 더군다나 중광의 경우는 워낙 털털해서 금세 주변 사람들과 친해졌다.

"자, 우리도 가세."

마지막 짐을 마차에 싣고서 마부 모삼이 말했다.

"알았습니다."

궁비영이 마차 위로 올라 모삼 곁에 앉았다.

"이럇!"

궁비영이 마차에 오르자 모삼이 마차를 몰기 시작했다. 힘겹게 출발한 마차는 속도가 오르자 한결 수월하게 움직였다.

"마차를 몰 줄 아는가?"

마차가 제 속도를 내자 모삼이 친근하게 물어온다.

궁비영이 모삼을 도와 일한 것은 그리 오래되지 않았지만 워낙 열심히 일을 하다 보니 어느새 두 사람은 가끔 속내를 주고삐을 정도로 친밀해져 있었다. 가끔 궁비영이 그를 구화방을 살피기 위해 이용하는 것에 미안한 마음이 들 정도였다.

"말을 탈 줄은 압니다."

"그럼 마차 모는 법도 쉽게 배우겠군. 한번 배워보겠나?"

"제가요?"

궁비영이 놀란 기색으로 물었다.

"역부로 일하는 것보다야 마부로 일하는 게 훨씬 대우가 좋지. 편하기도 하고. 거기에 자기 마차를 가지고 있으면 벌이가 배는 더 되네."

"하지만 자리가 쉽게 나지 않을 텐데요?"

구화방의 일을 하는 마부들은 근방에서 가장 벌이가 좋다. 역부가 오 일 벌어야 할 은자를 하루에 벌 수 있는 것이 구화방의 마부다. 그래서 마부가 되기 위한 경쟁도 치열했다.

"음, 그건 걱정 말게. 내 삼총관께 다리를 놓아주겠네."

"어르신이요?"

"내 삼총관님과는 제법 인연이 있다네. 이래 봬도 내가 구화방이 처음 자리를 잡을 때부터 일을 했으니까."

"그러셨어요?"

몰랐던 일이다.

"음, 그래서 가끔 총관께서 내게 정식으로 구화방에 들어와 상인의 길을 가는 것이 어떻겠냐고 제안을 하실 정도는 되지."

"좋은 기회 아닙니까?"

궁비영이 물었다.

"좋은 기회지. 어쩌면 큰 재산을 모을 수도 있을 것이고. 그러나 사람마다 사는 목적이 다르다네. 난 재물에는 큰 욕심이 없네."

"그럼……?"

"배를 한 척 마련할 생각이야. 그동안 모은 금자로 충분할 것 같아. 장강을 타고 오르며 작은 장사를 해볼 생각이네. 금자를 벌자고 하는 일은 아니고, 그저 여행 삼아 천하를 구경하고 싶네."

모삼의 말에 궁비영이 고개를 끄떡인다.

"그것도 나쁜 생각은 아니네요."

"후후, 젊은 사람이 보기엔 너무 무료한 삶 아닌가?"

"그럴 리가요. 멋진 삶이죠."

"역시 내가 사람은 제대로 봤군. 자네가 큰 물욕이 없다는 걸 알고 있었네. 아무튼 그래서 이제 이 일은 그만하려고."

"그래서 제게 기회를……?"

"그렇다네. 어차피 그만둘 것, 자네가 할 수 있다면 이 마차를 자네에게 넘기겠네."

"그렇게만 된다면야……."

궁비영이 얼굴에 기대감이 서린다. 그런 궁비영을 보며 모삼이 빙그레 웃는다.

"자넨 젊을 때의 나를 보는 것 같아."

"그런가요?"

"왠지 모르게 우울하다고나 할까. 과거에 아픔이 있는 사람들의 얼굴이지."

"……."

궁비영은 역시 나이 든 사람의 눈은 속이기 어렵다는 것을 새삼 느꼈다. 구화방에 들어와서는 되도록 걸걸하고 밝게 지내려 했지만 모삼은 이미 궁비영의 내심을 읽고 있었다.

"그리 즐거운 기억은 없는 인생이었지요."

"그래서 이제 조금이라도 즐겁게 살아보라는 것일세. 구화방의 마부로 사오 년 일하면 어디 가서든 자리를 잡을 만큼의 금자를 모을 수 있을 걸세."

"감사합니다, 어르신."

"잘해보게."

모삼이 빙그레 미소를 짓는다.

구화방은 방주 반월풍 휘하에 세 명의 총관과 열두 명의 행수를 두고 있다. 그중 세 명의 총관은 구화방이 처음 장사를 시작할 때부터 반월풍을 보좌해 온 측근 중의 측근으로 방 내에서는 방주에 못지않은 존중을 받는 인물들이다.

궁비영과 중광이 긴장된 표정으로 모삼의 뒤를 따라 걸었다. 모삼은 마부치고는 놀랄 정도로 여유 있게 구화방 남쪽의 청관을 향해 걸어갔다.

청관은 총관 구백이 머무는 곳이다.

구화방의 삼총관인 구백은 노련한 장사치로 알려져 있었는데, 혹자는 그가 뛰어난 무공을 숨기고 있다고도 했다.

"어쩐 일이시오?"

청관을 지키는 호위무사가 세 사람의 걸음을 막는다.

"총관님을 뵈러 왔소."

"약속은 잡으셨소?"

"모삼이라는 이름을 말씀드리면 아실 것이오."

일개 마부가 구화방의 호위무사를 대하는 태도가 당당하기 이를 데 없다.

'심상찮은 내력을 가지고 있는 것이 분명해.'

궁비영이 새삼스레 모삼에 대해 궁금해졌다. 처음에는 그저 노련한 마부로만 생각했는데 그가 하는 행동들을 보건대 평범한 마부일 리가 없는 인물이었다.

"기다리시오."

호위무사가 아니꼬운 표정으로 모삼을 슬쩍 흘겨보고는 안으로 들어갔다.

"괜찮으시겠습니까?"

궁비영이 모삼을 보며 물었다.

"뭐가 말인가?"

"호위무사가 기분이 상한 듯 보이는데……."

"후후후, 무슨 상관인가? 난 이제 구화방을 떠날 텐데."

"그렇기는 하지만……."

"걱정 말게. 나와 총관님의 사이가 그리 가볍지 않아."

모삼이 가볍게 웃으며 말했다. 그때 안으로 들어갔던 호위무사가 다시 나왔다. 그리고는 처음과는 다른 표정으로 입을 열었다.

"안으로 들어오시라 하시오."

제법 정중한 말투다.

"고맙소."

모삼이 가볍게 고개를 까딱이고는 서슴없이 청관 안으로 들어갔다. 궁비영과 중광은 연신 주위를 살피며 긴장한 표정으로 모삼의 뒤를 따라 들어갔다.

총관 구백이 머무는 청관은 구화방의 건물 중에서 가장 검소한 곳으로 꼽힌다. 화려한 장식품이 없는 것은 물론이고 청관에 들어 있는 물건들도 값비싼 것은 찾아볼 수 없다.

"어서 오게."

구백이 서탁에 앉아 몇 장의 서류를 보다 모삼을 맞이했다. 모삼이 구백에게 정중하게 인사를 했다.

"오랜만에 뵙습니다. 건강하신지요?"

"음, 한 달 만인가?"

"그렇습니다."

모삼이 대답했다.

"나야 나쁠 것 없지. 그런데 자네는 그새 더 늙었군. 어디 아픈 곳은 없는가?"

"괜찮습니다."

모삼이 빙그레 미소를 짓는다.

"좋아, 떠나겠다고?"

그 말을 하면서는 조금 화가 난 듯한 구백이다.

"허락해 주신다면……."

"구화방의 마부는 방에 속한 사람이 아니니 떠나고 싶으면 언제든 떠나도 되는 사람들 아닌가? 그런데 내 허락은 왜?"

"화가 나셨습니까?"

모삼이 어르듯 물었다. 그러자 구백이 잠시 말을 끊고 서탁의 서류들을 다시 뒤적이다가 탁자를 탁 치면서 자리에서 일어났다.

"정말 떠나겠는가?"

"때가 되었습니다."

"자넨 나와 장장 십 년을 함께했어. 그런데 이렇게 갑자기 떠나겠단 말인가?"

"그만하면 떠날 자격이 있지 않습니까?"

모삼이 말했다. 그러자 구백이 안타까운 시선으로 모삼을 바라본다.

"휴, 자네에게 자격이 없다고 말하려는 게 아니네. 그저 아쉬워서 하는 소리지."

"회자정리! 만고의 진리가 아닙니까?"

"매정한 사람 같으니라구."

구백이 고개를 젓는다.

"총관께서 그런 말씀을 하실 줄은 몰랐군요. 구화방에서 누구보다 사사로운 감정을 경계하는 분이 아닙니까?"

"그렇기에 자네가 필요한 거네. 자네만이 나의 넋두리를 들어줄 유일한 사람이었으니까. 한 달에 한 번 자넬 만나는 시간을 얼마나 기다리는 줄 아는가?"

구백의 말에 모삼이 머리를 조아린다.

"감사한 말씀입니다. 저와 같이 미천한 놈에게는 과한 칭찬이시지요. 그러나 떠난들 아주 떠나는 것은 아닙니다. 배를 사장강을 오가며 여행을 할 것인데 일 년에 한두 번은 반드시 성도에 들르지요."

"정말 결심이 섰군."

"그렇습니다."

"음, 그럼 어쩔 수 없는 일이지."

구백이 고개를 끄덕인다. 그러자 모삼이 조심스레 다시 입을 열었다.

"그리고 제 마차는 이 친구들에게 넘기고 싶습니다."

모삼의 말에 구백이 고개를 들어 궁비영과 중광을 바라본다.

"이름이 뭔가?"

구백이 물었다.

"소인인 궁무라 하옵고 이 친구는 중양이라 합니다요."

궁비영이 얼른 만들어 온 이름으로 대답했다.

"그래? 어디 출신인가?"

"산서에서 왔습니다요."

"멀리서 왔군."

"어쩌다 보니……"

"지금 하는 일은 역부라고?"

"그렇습니다."

그러자 구백이 살짝 아미를 모으며 중얼거렸다.

"역부에게 자네의 마차를 넘길 줄은 몰랐군."

그러자 모삼이 정색한 얼굴로 대답했다.

"오히려 좋지 않겠습니까?"

"자네 일도 함께 맡기라는 의민가?"

"그렇습니다. 어린 친구들이고 역부로 일하던 사람들이
니……"

"음, 오히려 믿을 수 있다는 뜻이군."

"그렇습니다. 처음 총관께서 절 데려다 쓰실 때 저 또한 그
러했지요."

"음, 그렇긴 하지. 알겠네. 일하는 것을 며칠 살펴보고 난 후
에 결정하지."

"만족하실 겁니다."

모삼이 말했다. 그러자 구백이 고개를 끄떡이며 대답했다.

"좋아. 언제 떠나나?"

"열흘 뒤에는 떠날 생각입니다."

"그럼 떠나기 전에 한 번 더 보세."

"그리하겠습니다."

모삼이 대답했다.

"그사이 이 친구들은 자네가 잘 가르쳐 놓게."

"물론이지요."

"내 마방주에게 말해두겠네."

"감사합니다, 총관 어른."

모삼이 얼른 고개를 숙여 보인다.

"고마울 것 없네. 이 친구들이 일하는 모양새가 마음에 들지 않으면 언제든 내칠 것이니."

"그야 어련하시겠습니까?"

모삼이 빙그레 미소를 짓는다. 그러자 구백이 눈을 흘기며 말했다.

"그만 가보게. 할 일이 있어."

"알겠습니다. 그럼."

모삼이 다시 한 번 고개를 숙여 보이고는 얼른 궁비영과 중광을 데리고 장내를 벗어났다.

궁비영과 중광이 삼총관 구백을 만난 다음 날 정오 무렵, 모삼이 다시 두 사람을 데리고 어딘가로 향했다.

모삼이 두 사람을 데려간 곳은 구화방에 드나드는 마차와 마필을 관리하는 마방이었다. 아마 마부들 관리 또한 마방에서 하는 모양이었다.

"저 사람이 마방주네. 이름이 전남산이라고 하는데, 성정은 괄괄하지만 호탕한 친구이니 큰 어려움은 없을 걸세."

마방이 가까워지자 모삼이 손을 들어 검은 머리와 덥수룩한 구레나룻을 기른 중년 사내를 가리키며 말했다.

"무서워 보이는데요?"

중광이 짐짓 겁을 먹은 표정으로 말했다.

"걱정 말게. 외모만 저러하지 심성은 착한 사람이야. 방주님, 안녕하십니까?"

모삼이 말을 돌보고 있는 사내를 불렀다.

"어? 조 노인이시구려. 내 기다리고 있었소이다."

사내가 모삼을 보고서는 반가운 얼굴로 걸어온다. 가까이서 보니 더 거구인 사내다.

"떠나신다고 들었소이다만……."

"그렇게 되었습니다. 그간 신세 많이 졌습니다."

"신세라면 오히려 제가 많이 졌소이다. 어려운 물건은 다 조 노인께 부탁을 했으니까."

"덕분에 제 주머니는 두둑해졌지요."

"하하하! 서로 상부상조한 걸로 칩시다. 아무튼 아쉬운 일이구려. 아니, 축하를 드려야 하나?"

"기왕이면 축하를 해주시지요."

"좋소이다. 축하하오. 그래, 배는 구하셨소?"

아마 마방주 전남산은 모삼이 배를 구해 장강을 내려가려는 계획을 알고 있는 모양이었다.

"아직은 구화방의 일을 하고 있는데 어찌 사사로이 시간을 내겠습니까?"

"저런, 그 정도는 총관께서도 눈감아주실 터인데……."

"그럴수록 조심해야지요. 떠나는 마당에 사람들 구설에 올라 총관 어른을 욕보일 수야 없지요."

"이래서 총관께서 조 노인을 가까이 하셨나 보구려. 자자,
안으로 들어갑시다."

전남산이 일행을 자신의 거처로 이끌었다.

전남산의 거처는 사방이 뚫려 있어 마방에 드나드는 사람이
나 마구간에 매어놓은 말을 언제나 살필 수 있게 되어 있었다.
그야말로 마방주에게 어울리는 거처였다.

"자, 앉읍시다. 저녁이면 술이라도 한잔하련만은 지금은 낮
이니 차나 마십시다."

"그러지요."

모삼이 고개를 끄떡였다. 그러자 전남산이 밖을 보며 소리
쳤다.

"어이! 여기 차 좀 내오게!"

"알겠습니다, 방주님!"

얼굴은 보이지 않고 대답만 들려온다. 그렇게 차 심부름을
시킨 전남산이 넌지시 궁비영과 중광을 보며 말했다.

"이 친구들이구려."

"그렇습니다. 어제 총관께는 인사를 드렸지요."

모삼이 대답했다.

"음, 얘기는 들었소."

"인사들 드리게. 마방주시네."

모삼이 궁비영과 중광에게 전남산을 소개한다. 그러자 두
사람이 자리에서 일어나 꾸벅 인사를 했다.

"궁무와 중양이라고 합니다. 잘 부탁드립니다."

"반갑네. 자네들에 대한 이야기는 총관께 들었네. 열심히 해보게."

"일만 맡겨주십시오."

중광이 넉살 좋게 말했다. 그러자 전남산이 희미한 미소를 지으며 말했다.

"물론 일은 넘치고 있네. 반면 제대로 일하는 자는 흔치 않지. 사천 상계가 구화방 손에 들어왔는데 어찌 일이 없겠는가? 이제 곧 구화방은 천하제일의 상가가 될 걸세. 그리되면 자네들에게도 기회가 많을 거야."

"최선을 다하겠습니다."

궁비영과 중광이 다시 굽실거린다. 그때 한 여인이 차를 들고 와서 탁자에 놓은 후 사라졌다. 그런데 그 순간 궁비영의 눈빛이 번쩍였다.

'무공을 지니고 있어.'

차를 놓고 나간 여인의 발걸음을 우연찮게 보게 된 궁비영은 여인의 걸음걸이에서 무공의 흔적을 읽었다.

"들게."

전남산이 차를 권한다. 궁비영과 중광은 본래 차를 즐기지 않지만 전남산이 권하는 대로 찻잔에 손을 댔다.

"음, 구화방 마부의 일은 밤낮이 따로 없다네. 가끔은 밤중에도 급히 물건을 날라야 할 때가 있어. 괜찮겠나?"

전남산이 물었다.

"아이구, 은자 받고 일하는 놈이 밤낮을 가리겠습니까?"

중광이 얼른 대답했다. 그러자 전남산이 만족한 미소를 지으며 말했다.

"좋아, 그럼 앞으로 열심히 하게. 장원 내에 머물 방을 내어 줄 걸세. 마부들은 역부와 달리 장원 내에 숙소가 있다는 건 알고 있지?"

"예전부터 부러운 일이었지요."

중광이 대답했다. 그러자 모삼이 말했다.

"내가 쓰던 방을 쓰면 될 것 같습니다만……."

"좁지 않겠소?"

"총관님이 배려해 주셔서 제법 큰 방을 쓰고 있었지요. 그래서 다들 절 부러워했습니다. 이 친구들이 따로 방을 쓰지 않겠다면 제가 쓰던 방을 주면 좋겠습니다."

"그렇구려. 그럼 그렇게 하겠는가?"

전남산이 궁비영에게 물었다.

"저희야 고향 친구끼리 함께 있으면 좋지요."

"좋아, 그럼 그렇게 하게. 조 노인께서 계시는 동안 일을 잘 배워두게."

"그렇게 하겠습니다."

궁비영과 중광이 얼른 고개를 숙여 보였다.

그날부터 두 사람은 모삼과 함께 생활했다. 모삼은 무척 꼼꼼한 성정이라 구화방의 마부가 되기 위해 필요한 것은 아무리 작고 소소한 것이라도 모두 가르쳤다.

덕분에 두 사람은 아홉 채의 커다란 전각으로 이뤄진 구화방의 장원은 물론 주변의 모든 길, 그리고 구화방의 주요 인물들까지 며칠 안에 제법 많은 것을 알게 됐다.

그리고 열흘 뒤 모삼이 떠났다. 모삼은 오직 궁비영과 중광의 배웅만 받으며 구화방을 떠났다. 어찌 보면 쓸쓸한 작별이기도 했지만 구화방같이 큰 상가에서 마부 하나 떠나는 것까지 신경 쓸 여력은 없었다.

그렇게 모삼이 떠난 후 궁비영과 중광은 본격적으로 구화방의 마부 생활을 시작했다.

           *   *   *

두 개의 담장을 지나 궁비영은 세 번째 담장 앞에 섰다. 마치 구중궁궐로 들어가는 것 같다. 중광은 방에 남아 있었다. 만약의 경우 누가 찾아올 경우를 대비한 것이다.

구화방에 들어온 지 한 달, 드디어 궁비영은 구화방주의 거처로 들어가 보기로 했다.

삼관주 곽묘랑이 말한 한 달의 시간은 이미 지나 버렸다. 그러나 맹의 독촉은 없었다. 아마도 그들도 서두르다 일을 그르치는 것을 원치 않는 모양이었다.

궁비영이 신중하게 움직였다. 구화방 주변의 지리는 머릿속에 모두 들어 있어서 눈을 감고도 구화방주의 거처를 찾을 수 있었다.

그러나 문제는 구화방주의 거처인 금황전을 지키고 있는 호위무사들이었다. 구천맹의 비호를 받는 사천삼상과 경쟁하고 있어서 그런지 구화방주는 생각보다 많은 무인을 고용해 장원을 지키고 있었다.

금황전 주변에는 항상 여덟 명의 무사가 번을 서고 있었고, 그로부터 담장 하나 너머에는 일이 터지면 바로 달려올 수 있는 무사들이 거처하고 있었다.

그래서 금황전에 침투하는 일은 흑성의 수련을 거친 궁비영에게도 그리 간단한 문제가 아니었다.

"후우……."

궁비영이 가볍게 숨을 내쉬었다. 그러자 긴장하고 있던 근육이 부드럽게 변한다. 궁비영의 시선이 담장 안쪽에 있는 커다란 은행나무로 향했다. 무성한 잎이 밤바람에 흔들리고 있다.

'일단 나무 안으로만 들어가면 다음번에는 금황전에 이를 수 있겠어.'

궁비영이 눈빛이 반짝인다. 은행나무에서 금황전까지는 거리가 채 십여 장이 되지 않는다. 월천보를 펼치면 한 번의 도약으로 닿을 수 있는 거리다.

궁비영이 다리에 힘을 모으고 두 손을 들어 올려 허공을 부여잡는 듯한 자세를 취했다. 그러자 다음 순간 그의 몸이 앞으로 쑥 빨려들어 가는가 싶더니 이내 형체도 없이 사라졌다.

툭!

무성한 은행나무 가지에서 작은 소음이 일어났다. 그러자 경계를 서던 호위무사들이 고개를 돌려 소리가 난 곳을 바라봤다. 그러나 그들의 눈에 보이는 것은 아무것도 없었다.

"밤바람이 세네."

호위무사 중 한 명이 중얼거렸다.

"그러게 말이야. 오늘은 특히 더 심하게 부는 것 같아."

"이렇게 세 시진을 어떻게 버티지? 술이라도 한잔……."

"이 사람, 큰일 날 소릴! 일총관님이 얼마나 매서운 분인지 모르는가?"

"하긴, 괜히 들켰다가는 당장 구화방에서 쫓겨나겠지?"

"당연하지."

궁비영은 은행나무 위에서 두 호위무사를 내려다보고 있었다. 두 사람이 은행나무에서 관심이 사라진 이후에야 다시 움직일 수 있을 것이다.

'월천보가 있는 이상 들킬 염려는 없을 것 같은데…….'

한순간에 공간을 제압하고 반대편에 도달하는 월천보가 있는 이상 움직이는 동안 사람들의 눈에 띌 염려는 없었다. 그러나 목적한 곳에 도착하는 순간에는 문제가 발생했다. 워낙 빠르게 이동하기 때문에 멈출 때는 소리를 낼 수밖에 없었던 것이다.

'이 문제는 나중에 풀어보기로 하고, 이제 움직일 땐가?'

은행나무에 관심을 두던 두 호위무사가 제법 멀찍이 물러섰다. 무슨 이야기를 하는지 가끔 키득거리는 두 사람을 더 이상 걱정할 필요는 없을 듯싶었다.

"후욱!"

궁비영은 다시 숨을 크게 들이마셨다. 그리고 다음 순간 그의 신형이 은행나무에서 사라졌다.

궁비영이 처마 기둥을 잡은 후 가볍게 몸을 비틀자 그의 몸이 순식간에 지붕 위로 올라갔다. 그 직후 궁비영의 몸이 스며들듯 기와 속으로 사라졌다.

그가 정말 기와 속에 스며든 것은 아니었다. 환술 천환의 은신법을 사용한 것이다. 기와 문양의 천은 이미 출발 때부터 준비해 온 것이고, 그 속에 몸을 감춘 궁비영이 소리 없이 앞으로 전진했다.

"그래서 그 사람들을 보내잔 말이오?"

지붕 위를 기어가던 궁비영이 한순간 움직임을 멈췄다. 지붕 아래에서 낮지만 또렷한 사람의 목소리가 들렸기 때문이다.

"시험을 해볼 필요는 있습니다."

'삼총관이군.'

궁비영은 뒤이어 흘러나온 목소리가 삼총관 구백의 목소리임을 금세 알아챘다.

"시험? 아직은 믿지 못한다는 것이오?"

아마도 구화방주 반월풍인 듯싶은 자의 목소리다.

"달리 의심할 바는 없으나 그래도 만사는 불여튼튼이지요."

"음, 어찌 시험하시겠소?"

"그들이 정말 평범한 노역꾼인지 아니면 본 방에 침투한 간자인지 아는 방법은 간단합니다. 일과 고난을 주면 되지요."

"일과 고난을 동시에 준다?"

"그렇습니다. 내일 밤 포구까지 물건을 나르라 하겠습니다. 중요한 물건이니 실수가 없어야 한다고 하지요. 실수가 있으면 구화방을 떠나야 할 것이라고 해두겠습니다."

"음, 그리고 중도에 사람을 보내 물건을 빼앗겠단 말이구려."

"그렇습니다. 목적이 있어 들어온 자라면 무공을 드러내서라도 물건을 지킬 것이고, 아니라면 도망을 오든지 제법 다치겠지요."

"흠, 가혹한 시험이오."

"그러나 죽을 염려는 없는 일이니 그리 가혹하다고는 할 수 없지요. 방의 안위를 위해서는."

"좋소, 허락하겠소."

"알겠습니다."

구백의 목소리가 들린다. 그러자 생소한 자의 음성이 들려왔다.

"청마표국의 움직임이 심상치 않습니다."

"서역행은 실질적으로 실패한 것 아니오? 서하왕의 보물을 잃었으니."

구화방주의 목소리다.

"하지만 더 가치 있는 보물을 얻은 듯합니다."

"더 가치 있는 보물? 수만금의 보물보다 더 가치가 있는 것이 뭐란 말이오?"

"그들이 이번 일로 구천맹, 아니, 정확히는 오죽노의 신뢰를 확실히 얻은 것 같습니다."

"음, 오죽노가 나선다면 청마표국이 재기하는 것은 시간문제겠구려. 우리로서도 예전처럼 함부로 움직일 수 없는 일이고."

"그렇습니다. 구천맹이 드러내 놓고 청마표국을 후원한다면 상계의 인심이 변할 수도 있습니다. 애써 일군 상권을 다시 잃을 수도……."

"세상일은 항상 일장일단이 섞여 있소."

구화방주가 말했다.

"대책이 있으시군요."

"달리 특별한 계책을 세울 필요가 없을 듯하오."

"무슨 말씀이신지……?"

"장사꾼에게 필요한 것은 이문이지 무공이 아니오. 우리와 거래하는 자들에게 이문을 듬뿍 준다면 그들이 다시 사천삼상에게로 돌아갈 이유는 없을 거요. 더군다나 사천삼상이 구천맹의 지원을 받는다는 것이 알려지면 상가들은 외려 구화방을 더 선호할 것이오."

"하긴 상가들은 언제나 무림과는 일정한 거리를 두길 원하지요."

"그러니 일은 결국 우리 하기에 달렸소. 거래처들에게 이문을 조금씩 더 챙겨주시오. 인간적인 관계를 돈독히 하는 것도 잊지 말고."

"알겠습니다."

"행수들에게 일러 작은 거래라도 소홀이 하는 일이 없도록 이르시오. 이럴 때일수록 작은 거래들이 중요한 법이오."

"그리 지시하겠습니다."

"그럼 삼 일 후에 다시 만납시다."

"문에서는 연락이 왔습니까?"

"칠 일 후 배가 들어올 것이오. 그때까지 준비를 끝내주시오."

"알겠습니다."

대화는 거기서 끝났다. 그리고 잠시 후 금황전을 벗어나는 삼 인이 궁비영의 눈에 들어왔다. 구화방의 총관 삼 인이다.

궁비영은 삼 인의 총관이 금황전을 벗어난 이후에도 한동안 지붕 위에 머물렀다. 궁비영이 움직인 것은 그로부터 반 시진 뒤, 모든 것이 잠든 깊은 밤이 되어서였다.

"그러니까 누굴 시험할 것인지는 모른다는 거네?"

중광이 물었다.

"그렇지."

궁비영이 침상에 걸터앉아 고개를 끄떡였다.

"아무튼 분명 보통 상가는 아니라는 말이고."

"음, 어디인지는 모르지만 어떤 문파에서 누군가 오기로 한 것 같아. 아마도 그들이 구화방의 배후가 아닐까 싶어."

"역시 뒤에 누군가가 있군. 제대로 걸렸어. 잘하면 한 건 하겠는걸."

중광이 눈빛을 번쩍이며 말했다. 흑성으로서 제대로 된 성과를 낼 수 있다는 기대가 서린 눈빛이다.

"그런데 말이야. 기분이 좀 그래."

"뭐가?"

"구화방의 행보가 그리 나빠 보이지 않는다는 뜻이야. 작은 거래처도 알뜰히 챙기는 모습 하며… 그 심성이 독하지 않다는 뜻이거든."

"하긴 구화방에 들어와 만난 사람들은 하나같이 담백했지. 누구도 자신의 지위를 믿고 거들먹거리지 않았단 말이야. 외부에서 고용되어 방의 경비를 서는 자들 빼고는."

"그들이야 결국 남이니까."

"음, 그래서 마음이 흔들리냐?"

"이런 사람들을 과연 적으로 돌려야 하나 그런 생각이 들어."

"당장 적이라고 할 수는 없잖아?"

중광이 말했다. 그러자 궁비영이 고개를 저었다.

"맹이 청마표국을 지원하고 있어. 결국에는 구화방과 적대하게 될 거다."

"그렇게 될까? 서로 적당히 타협할 수는 없을까?"

중광이 물었다.

"무림이나 상계나 세상사는 마찬가지야. 숲에는 한 마리의 호랑이만 필요하지. 더군다나 두 마리의 호랑이가 공존하기에는 사천 상계가 그리 크지 않아. 누군가는 이곳을 떠나야 할 거다. 싸움 없이 떠난다면 그게 최선이고."

"음, 그럼 결국 구화방이 불리하겠군."

"난 그럴 것 같은데, 방주는 다른 생각이더라고."

그러자 중광이 되물었다.

"방주의 생각은 어떤데?"

"본래 상계의 사람들은 무림이 상계의 일에 지나치게 관여하는 것을 좋아하지 않으니 만약 사천삼상이 구천맹에 의지하게 된다면 결국 상권 다툼에서는 구화방이 이길 거라고 하더라고."

궁비영의 말에 중광이 가만히 생각에 잠겼다가 말했다.

"뭐, 아주 틀린 말은 아닌 것 같은데?"

"아니지. 그건 무척 순진한 생각이지."

"어째서?"

"최악의 경우 구천맹이 택할 방법이 뭐겠어?"

"그야… 제길, 그저 상권만의 다툼은 아니란 말이군."

"그래. 결국은 무력을 쓰게 될 거야. 흑성을 동원할 가능성이 크지. 세상에 드러나지 않게 일을 처리하려면."

궁비영의 말에 중광도 고개를 끄떡인다.

"그렇게 되면 결국 우리가……."

"그렇게 되겠지."

"좋지 않군. 나쁜 사람들은 아닌데……."

중광이 중얼거렸다. 그러자 궁비영이 대답했다.

"한 가지 변수는 그들의 배후에 있는 자들이 누구냐는 거야. 그들이 구천맹을 상대할 정도의 세력이라면……."

"이놈아, 당금 천하에 구천맹을 상대할 자들이 어딨어?"

"모르는 소리. 마천도 있잖아?"

"그야 겨우 숨어서 칼질이나 하는 수준이고."

"겨우? 그렇지 않아. 목왕이 세상에 마천의 재림을 선언했어. 그런데 겨우일까? 모르긴 해도 구천맹은 지금 바짝 긴장하고 있을 거야. 이럴 때 구화방 배후의 세력이 구천맹과 마천의 싸움에 변수가 될 만한 힘을 가지고 있다면 어떻겠어?"

"그야 구천맹도 함부로 구화방을 건드리지는 못하겠지."

중광이 대답했다.

"오직 그 경우만이 우리 손에 피를 묻히지 않게 될 거다."

"음, 듣고 보니 그도 그러네."

중광이 다시 고개를 끄떡인다. 그런데 그때였다. 문득 문밖에서 마방주 전남산의 목소리가 들린다.

"두 사람 안에 있나?"

전남산의 등장에 두 사람이 얼른 자리에서 일어났다.

"예, 방주님!"

궁비영이 재빨리 문을 열었다. 그러자 전남산이 문밖에서 말했다.

"삼총관께서 찾으시네."

"저희를요?"

"그래. 어서 가보게."

전남산의 재촉에 궁비영과 중광이 서둘러 방문을 나서 청관으로 향했다.

"어서 오게."

삼총관 구백이 언제나처럼 한 무더기의 서류를 보고 있다가 궁비영과 중광이 들어오자 자리에서 일어나 두 사람을 맞았다.

"부르셨습니까?"

두 사람은 얼른 구백에게 인사를 했다.

"음, 그래, 마부 생활이 어떤가?"

"덕분에 아주 잘 지내고 있습니다. 벌이도 괜찮고. 감사할 따름입니다."

"다행이군."

"그런데 어쩐 일로 저희를……?"

궁비영이 조심스레 물었다. 그러자 구백이 정색을 하며 말했다.

"오늘 밤 자시쯤에 포구에 배가 들어오는데 그 배에 몇 개의 짐을 실어야 하네. 자네들이 그 짐을 포구로 옮겨주시게."

"중요한 물건인 모양이군요. 밤에 옮기는 것을 보면."

중광이 물었다. 그러자 구백이 미소를 지으며 대답했다.

"이런 일을 하자면 가끔 모르는 것이 좋을 때도 있다네. 그러니 물건에 대해선 궁금해하지 마시게. 그저 물건을 제시간에 전해야 한다는 것만 명심하게."

"아, 알겠습니다."

중광이 얼른 대답했다.

"이번 일을 잘 끝내면 자네들에게 더 중요한 짐들을 맡길 것이네. 벌이가 아주 좋을 거야. 반면 제시간에 물건을 전하지 못하거나 중도에 문제가 생기면 구화방을 떠나야 할 수도 있네."

"그런 일이라면 다른 노련한 마부들에게 맡기시는 것이……."

궁비영이 걱정스런 표정으로 엄살을 피운다. 그러자 구백이 고개를 젓는다.

"지금 마침 그 일을 맡길 사람이 마땅히 없네. 자네들이 해주게. 그렇다고 너무 겁을 먹지는 말게나. 겨우 장원에서 포구까지 물건을 옮기는 일일세. 무슨 일이야 있겠는가?"

"그렇긴 합니다만……."

"자네들이 게으름만 피우지 않으면 문제가 없을 걸세."

"알겠습니다. 그렇다면야 뭐……."

궁비영이 어쩔 수 없다는 듯 대답했다. 그러자 구백이 미소를 지으며 말했다.

"고맙네. 해시쯤에 마방주를 찾아가면 물건을 내어줄 걸세.

그럼 나가보게."

"물러가겠습니다."

궁비영과 중광이 꾸벅 고개를 숙여 보이고는 구백의 앞에서 물어났다. 그러자 구백이 중얼거렸다.

"의심할 바는 딱히 없을 것 같은데……."

"우리였어."

청관을 벗어나자마자 궁비영이 나직하게 뇌까렸다.

"그러게 말이다. 우릴 시험하려는 거였어. 이게 잘된 일이냐?"

"나쁘지는 않지. 의심만 사지 않으면 되니까."

"그럼 도주를 할까? 아니면 언어맞을까?"

"도주보다야 언어맞는 편이 그들의 입맛에 맞겠지."

"제길, 팔자에 없는 매를 벌게 생겼군."

"매값이 나쁘지는 않을 거다. 우릴 믿게 될 테니까."

궁비영의 눈빛이 번쩍였다.

제8장
한 걸 음 더

"조심하게. 중요한 물건이야. 포구에 가면 사람이 나와 있을 걸세."

"마중 나올 사람이 누굽니까?"

"가면 자연히 알게 될 것이네. 그리고 짐 속에 도검을 넣어 놨네."

"칼은 왜……?"

"혹시 좀도둑이라도 만나면 필요할 것 같아서 말일세."

"감히 누가 구화방의 마차를 건드리겠습니까? 더군다나 우린 칼을 쓸 줄 모르는데."

"그래도 혹시 모르니 가져가게. 길 조심하고. 요즘 들어 성내에도 산적들이 종종 나타난다고 하더군."

마방주 전남산이 한 경고를 뒤로하고 구화방을 떠난 궁비영과 중광은 서둘러 말을 몰았다.

시험이라면 필시 어딘가에서 두 사람을 지켜보고 있는 사람이 있을 터였다. 조금이라도 의심을 사는 행동을 하면 안 된다.

구화방의 장원에서 포구까지의 거리는 마차로 대략 한 시진. 그러나 빨리 말을 달리면 조금 더 일찍 도착할 수 있었다.

다행히 짐은 그리 무겁지 않았다. 세 개의 나무 상자와 검은 천에 싸인 물건이 두 개가 있었는데 그 또한 부피는 크지만 무게는 많이 나가지 않았다. 덕분에 마차는 나는 듯이 관도를 질주했다.

"나라면 저기쯤일 거야."

마차를 몰며 궁비영이 말했다. 길이 두 개의 산이 맞닿은 계곡 안으로 이어져 있다. 구화방의 장원에서 포구로 이어진 관도 중 유일하게 사람들의 시선에 가려지는 곳이다.

"에구, 적당히 해주길 바랄 뿐이다."

중광이 엄살을 부렸다.

"꽉 잡아. 그대로 통과할 수 있으면 그렇게 할 생각이니까."

"하긴 아예 부딪치지 않는 것이 상책일 수 있지. 가자!"

중광이 소리쳤다.

두두두!

마차가 위태롭게 흔들린다. 워낙 빠르게 마차를 몰아 네 개의 바퀴가 땅에 붙어 있는 경우가 드물었다.

마차가 계곡 길로 들어섰다. 그러자 기다렸다는 듯 불청객들이 나타났다.

"멈춰랏!"

길을 막은 자들은 짐승 가죽으로 옷을 해 입고 봉두난발에 얼굴은 검게 칠해 괴이한 모습을 하고 있었다.

"제길, 겨우 산적이네."

중광이 중얼거렸다.

"그대로 돌파한다."

궁비영이 말했다.

"좋아."

중광이 커다란 나무 몽둥이를 꺼내 들었다. 검까지 꺼낼 상황은 아닌 듯했다. 길을 막은 산적 떼를 돌파하면서 몽둥이를 제대로 휘두르면 뚫릴 길인 듯싶었다.

"너무 세게 하면 안 돼!"

궁비영이 경고를 했다.

"걱정 마. 적당히 할 테니까."

중광이 대답하면서 몽둥이를 움켜잡았다.

"죽고 싶지 않으면 섯거라!"

산적들이 다시 소리를 지른다. 그러나 마차는 설 기미를 보이지 않는다.

"어어, 이놈들이!"

길을 막은 산적들이 돌진하는 마차에 당황한 빛을 보인다. 그러자 중광이 커다란 소리로 외쳤다.

"비켜라, 이놈들아! 이 마차는 구화방의 마차다! 감히 구화방의 물건을 털려느냐?"

웅웅!

소리를 질러대며 중광이 몽둥이를 휘둘렀다. 공력을 사용하지 않아도 타고난 신력으로 휘두르는 몽둥이의 위력은 적을 위협하기에 충분했다.

"이, 이놈들이?"

산적이 당황한 듯하더니 이내 중광의 몽둥이와 돌진하는 마차를 피해 어지럽게 흩어졌다. 그러자 두 사람이 탄 마차가 바람처럼 산적들 사이를 뚫고 지나갔다.

"히히, 이거 너무 쉬운데!"

중광이 황망한 표정을 짓고 있는 산적들을 돌아보며 기분 좋게 소리쳤다.

"아직 끝난 게 아냐!"

득의해하는 중광에게 궁비영이 소리쳤다.

"무슨 소리냐?"

"앞에 다른 자들이 있어."

"어?"

중광이 놀란 표정으로 재빨리 앞을 바라봤다. 그러자 과연 마차가 달려가는 앞쪽에 다섯 필의 말에 올라 있는 자들이 보인다.

"이건 쉽지 않겠는데?"

중광이 중얼거렸다. 말을 타고 공격한다면 마차로는 따돌리기 어렵다. 결국은 곤욕을 치러야 끝날 일인 것이다.

"할 수 있는 만큼 하자고! 이랴!"

궁비영이 다시 힘껏 마차를 몰았다. 그러자 마차가 질풍처럼 적을 향해 돌진했다.

"멈춰랏!"

말을 탄 자 중에서 무시무시한 모양의 언월도를 든 자가 도를 들어 마차를 겨누며 소리쳤다. 그러나 마차는 속도를 줄이지 않고 산적들을 향해 돌진했다.

"이놈들이!"

언월도를 든 자가 노성을 터뜨리며 달려오는 마차를 향해 도를 휘둘렀다.

웅!

필시 무공의 맛을 본 자의 솜씨다. 언월도가 일으키는 파공음이 예사롭지 않았다.

"에잇!"

중광이 지지 않고 나무 몽둥이를 휘둘렀다.

쿵!

한순간 중광의 나무 몽둥이와 산적의 언월도가 격돌했다. 그러나 나무가 칼을 이길 수는 없다.

툭!

중광이 든 나무 몽둥이가 단번에 잘려 나갔다.

"아이고!"

중광이 엄살을 피우며 재빨리 자세를 낮췄다. 그러자 중광의 나무 몽둥이를 벤 산적의 언월도가 중광의 머리 위를 지나갔다.

"달려! 달려!"

중광이 큰 소리로 외쳤다. 그러면서 반이 잘려 나간 몽둥이를 들어 사방으로 휘두르기 시작했다.

웅웅웅!

중광의 몽둥이가 어지러운 파공음을 만들어낸다. 그러나 정신없이 휘두르는 몽둥이가 적에게 위협이 될 리 없다.

두두두!

어느새 산적들이 마차를 좌우에서 따라붙고 있었다.

"멈춰라! 물건을 넘기면 목숨은 살려주마!"

언월도를 든 자가 호령했다.

"이 망할 놈들아! 이 마차는 구화방의 것이다! 산적질을 했다가는 몰살을 당하고 말 거다!"

중광이 지지 않고 소리쳤다.

"우린 상대를 가리지 않아! 구화방 따위, 두렵지 않다! 그러니 서랏!"

"에랏!"

중광이 들고 있던 몽둥이 반쪽을 산적을 향해 던졌다.

퉁!

그러나 산적은 너무나 가볍게 중광이 던진 몽둥이를 쳐냈다. 그리고는 동료들을 향해 소리쳤다.

"아무래도 안 되겠네! 손을 쓰게!"

산적의 말에 그의 동료 하나가 속도를 높여 마차를 추월했다. 그러다가 한순간 훌쩍 말 위에서 날아오르더니 거짓말처럼 마차를 끄는 말 등에 올라타는 것이다.

"워워!"

말 등에 올라타 궁비영의 고삐를 가로챈 자가 마차를 세웠다. 그러자 궁비영과 중광이 당황한 빛을 보이다가 얼른 마차에 실은 짐 위로 올라갔다.

"이놈들! 마부치고는 배짱이 제법 두둑하구나!"

언월도를 쓰는 자가 어깨에 도를 올리고 빙글거리며 말했다. 그러자 궁비영이 두려움이 가득한 표정으로 어렵게 입을 열었다.

"이, 이 마차는 구화방의 것이오. 구화방에는 일류무사들이 즐비하오. 괜히 경을 치지 말고 물러나시오."

"흐흐흐, 산적질을 하는데 상대를 가르겠느냐? 보아하니 마차나 모는 마부들인 것 같은데 조용히 물건을 넘겨라. 그러면 목숨을 부지할 것이다."

언월도를 쓰는 자가 능글거리며 말했다. 그러자 궁비영이 재빨리 말했다.

"이, 이보시오. 사실 이 물건을 제시간에 옮기지 못하면 우린 구화방에서 쫓겨나오. 마차를 준비하는 데도 은자가 많이 들었소. 그러니 사정을 좀 봐주시오."

"흐허, 이런 기막힌 일이 있나? 산적에게 사정을 봐달라니 말이야."

"당신들도 살기 어려워 산적이 된 것 아니겠소? 그러니 우리 같은 사람 사정도 좀 봐주시오. 털려면 큰 상가나 부잣집 마차를 털어야 하는 것 아니오?"

궁비영이 따지듯 물었다.

"음, 그 말도 맞기는 맞지. 하지만 구화방이라면 대단한 상가 아닌가? 털지 못할 물건이 아니지."

"누가 구화방 이야기를 했소, 우리 사정을 봐달라는 말이지? 제길, 그럼 이렇게 합시다."

"어떻게 말인가?"

"이 짐 중 반절만 가져가시오. 그럼 우리도 열심히 지켰다는 변명은 할 수 있을 것 아니오. 도주하다가 떨어뜨렸다고 하겠소."

"킬킬킬! 내 살다 살다 산적하고 흥정을 하겠다는 자는 처음 보는군."

"오죽하면 이러겠소. 금자 좀 모아 고향에 돌아가 농사나 짓고 살려는 사람들이오, 우린."

궁비영이 한편으로는 사정을 하고 한편으로는 따져 대며 말을 이어나갔다.

그러자 언월도 사내가 고개를 돌려 동료들을 보며 물었다.

"어쩌면 좋겠나?"

"우리가 지금 남 사정 봐줄 땐가? 산채에서 양식을 기다리는 식구들 생각을 하게. 그자들이야 설마 산적에게 당했다고 굶어 죽지는 않을 것 아닌가?"

"음, 그렇군. 아무래도 안 되겠어. 마차에서 내려!"

언월도를 든 산적이 궁비영과 중광에게 말했다. 그러자 궁비영이 썩은 표정을 하며 중광을 바라봤다.

"어쩌지?"

"제길, 이대로 뺏길 수는 없어!"

중광이 화를 내며 짐 속에 전남산이 숨겨놓은 칼을 꺼내 들었다. 그러자 궁비영도 얼른 검 하나를 집어 들었다.

"오호라! 이것 봐라? 설마 대항을 하겠다는 것이냐?"

언월도의 사내가 가소로운 표정으로 물었다.

"그럼 앉아서 마차를 빼앗겨야겠소?"

궁비영이 다부지게 대답했다.

"흐흐, 고이 마차를 내놓으면 목숨은 건질 텐데 아쉽군."

웅웅!

산적이 위협하듯 언월도를 휘두른다. 그의 언월도가 만든 도풍이 밤공기를 울린다. 그러자 중광과 궁비영의 얼굴에 두려움이 깃들었다. 두 사람이 도검을 꽉 쥐고 허리를 숙인 채로 산적을 노려봤다.

"내 목숨은 살려주지. 그러나 팔다리는 하나쯤은 상하게 될 거다."

파앙!

산적의 언월도가 궁비영을 향해 떨어져 내렸다. 그러자 궁비영이 엉겁결에 검을 휘둘렀다.

캉!

한순간 매서운 충돌음이 일어나며 검이 궁비영의 손을 벗어났다.

"헛!"

궁비영이 기겁하며 재빨리 허리를 숙였다. 그러자 아슬아슬하게 산적의 언월도가 궁비영의 옷자락을 스치고 지나갔다.

"멈춰라, 이 백정 놈아!"

궁비영이 위기에 처한 것을 보고는 중광이 도를 휘두르며 산적에게 달려들었다.

그러나 곰처럼 사납기는 하지만 칼 쓰는 법을 모르는 자의 솜씨는 위협이 되지 못했다. 산적의 얼굴에 미소가 지어진다.

"저런, 나무도 자르지 못할 칼질이군."

퉁!

산적이 언월도를 휘두르자 중광의 도가 엉뚱한 방향으로 흘러간다.

"어어!"

중광이 당황하며 중심을 잃었다. 그러자 산적이 한 팔을 뻗어 중광의 목덜미를 잡아챘다.

"이제 그만 내려와라!"

사내가 힘을 주자 중심을 잃은 중광이 제풀에 겨워 마차 아래로 떨어졌다.

쿵!

"어이쿠!"

땅에 떨어진 중광이 허리를 부여잡는다. 그러자 마차 위에서 그 모습을 지켜보고 있던 궁비영이 마차 위의 상자 중 하나를 얼른 집어 들고는 훌쩍 뛰어내렸다.

"도망가자!"

궁비영이 쓰러진 중광에게 소리치고는 뒤로 돌아보지 않고 산속으로 달렸다.

그러자 중광이 얼른 일어나 궁비영의 뒤를 따라 도주하기 시작했다.

"멈춰라!"

두 사람이 도주하자 싸움을 지켜보고 있던 산적 중 한 명이 말을 몰아 앞을 가로막았다. 그러자 궁비영이 상자를 든 채 당황해 어쩔 줄 몰라 했다.

"비켜!"

순간 중광이 궁비영을 지나쳐 나가며 그대로 몸을 던져 산적이 탄 말을 밀었다.

히히힝!

말이 중광의 신력에 놀라 크게 비명을 지르며 앞발을 쳐들었다.

"엇!"

말 위의 산적이 갑작스런 상황에 대응하지 못하고 말에서 떨어졌다. 그러자 중광이 얼른 말고삐를 낚아채더니 궁비영에게 손을 내밀었다.

"어서 타!"

궁비영이 중광의 손을 잡고 잽싸게 말에 올라탔다.

"이럇!"

중광이 힘차게 말을 몰았다. 그러자 말이 바람처럼 산속으로 달려 들어가기 시작했다.

"추격해! 앞을 막아라!"

언월도를 든 산적이 소리쳤다. 그러자 산적들이 우르르 궁비영과 중광을 따라 숲 속으로 들어갔다.

"이쯤 하자!"

문득 등 뒤에서 궁비영이 말했다.

"그럴까? 힘도 든데."

중광이 대답했다.

"더 도망가면 놈들이 따라오지 못해. 이쯤에서 잡혀줘야지."

"알겠어."

중광이 고개를 끄떡였다. 그때부터 말이 움직이는 속도가 눈에 띄게 느려졌다. 모르는 사람이 보면 두 사람을 태운 말이 지친 듯 보이는 모습이다.

도주가 늦어지자 산적들이 비호처럼 두 사람을 지나쳐 앞길을 막아섰다.

히히잉!

앞이 막히자 중광이 급히 말을 세웠다.

"이런, 제길!"

중광의 입에서 짐짓 욕설이 흘러나왔다. 그러자 어느새 두 사람을 따라잡은 언월도의 사내가 호탕한 목소리로 말했다.

"놀랍군, 놀라워! 마부치고는 실력이 대단해. 부모를 잘 만나 신력은 타고난 것 같군."

"힘이라면 누구에게도 지지 않소. 힘으로 겨뤄보겠수?"

중광이 물었다. 여전히 기세가 죽지 않은 모습이다.

"허허, 이런 순진한 사람을 보았나. 이보시게, 싸움이란 힘으로 하는 것이 아니야."

"힘이 세면 그만이지 무슨 소리요?"

"그렇다면 자넨 왜 도망을 가고 있나?"

"그야… 사람이 많고 도검을 잘 다루니."

"그것 보게. 싸움은 힘으로 하는 것이 아니라 무공 재주로 하는 것이네. 자네 무공 한번 배워보지 않겠나?"

"그게 무슨 소리요?"

"나와 함께 산으로 가세. 자네 자질이 뛰어나 보여. 몇 년만 수련하면 강호에서 영웅 소리를 들을 것이네."

"지금 나보고 산적이 되라는 거요?"

"산적이라고 다 같은 산적이 아니네. 녹림에는 영웅이사가 많아. 자네가 그런 사람이 되지 말란 법이 있나?"

그러자 중광이 잠시 생각에 잠겼다가 궁비영에게 물었다.

"어떻게 생각해?"

"사람은 신의가 있어야 해."

"음, 그렇기는 하지. 구화방의 일을 하다가 산적과 마음이 맞아 물건을 들고 도망가는 것은 옳은 일이 아니지."

"후후후, 이보게. 본래 준걸은 시류를 따라 산다고 했어."

그러자 중광이 퉁명스레 대답했다.

"난 그런 어려운 말은 모르오. 그리고 산적이 되면 사람을 죽여야 하는데… 에이, 난 그런 일은 싫소."

"그럼 이곳에서 죽겠나?"

"정말 우릴 죽일 생각이오?"

"자네들 말대로 구화방은 무섭지. 상가라고는 하나 강호의 고수들을 불러 모을 수 있는 재력이 있으니까. 추격을 피하기 위해선 살인멸구를 할 수밖에."

"제길, 그렇다고 우리 같은 사람을 죽인단 말이오?"

중광이 따지듯 물었다.

"우린 도적이야. 그리 좋은 사람들이 아니지."

"물건을 내놓고 떠나면 살려준다지 않았소?"

이번에는 궁비영이 들고 있던 상자를 땅에 던지며 말했다.

"처음에는 그럴 생각이었지. 하지만 마음이 변했네."

"이래서 머리 검은 짐승은 믿을 게 못 돼!"

중광이 씹어뱉듯 말했다. 그러자 궁비영이 중광의 귀에 대고 말했다.

"좀 더 놀아줘야겠어."

"정말 죽이지는 않겠지?"

"그럴 리가. 아마도 최후까지 우릴 몰아붙여 볼 생각인 것 같으니 놀아주자고. 난 동쪽!"

"그럼 난 서쪽. 가자!"

한순간 중광이 먼저 말 위에서 뛰어내려 서쪽을 향해 달리기 시작했다.

"망할 놈! 이럴 땐 여우같다니까!"

궁비영이 욕설을 해대면서도 동쪽으로 달리기 시작했다.

쿵!

"여기까지다!"

도주는 그리 오래 지속되지 못했다. 무공을 수련한 자들에게 일반인의 걸음이란 아이와 같은 것이다.

"사, 살려주시오."

궁비영이 언월도를 든 자를 보며 사정했다. 그의 얼굴에 두려움이 가득하다.

"이것도 운명이라고 생각해라. 나로서도 어쩔 수 없는 일이니."

"에잇!"

한순간 궁비영이 흙을 집어 사내에게 뿌렸다. 그러자 사내가 엉겁결에 손을 저으며 흙을 막아낸다. 그 순간을 이용해 궁비영이 다시 왼쪽으로 도주하려는데 어느새 날카로운 검이 그의 눈앞에 와 닿았다.

이미 다른 산적들이 그의 도주로를 모두 차단하고 있었던 것이다.

"이 망할 놈들아! 천벌을 받을 것이다!"

궁비영이 악을 썼다.

"생긴 것 답지 않게 독한 놈이로군. 그래도 변하는 것은 없다. 죽어랏!"

무거운 도가 날카로운 파공음을 내며 궁비영의 목을 향해 떨어졌다. 궁비영이 질끈 눈을 감았다. 그러면서도 한 가닥 불안감이 생겼다.

'혹시 함정이 아니라면?'

그러나 이미 호랑이 등에 올라탄 상황이다. 지금 산적의 도를 막아내면 외려 더 위험한 상황에 빠질 수 있었다.

슈욱!

칼바람 소리가 생생하게 느껴진다. 궁비영이 오감을 일으켰다. 그리고 내심 희미한 미소를 지었다. 도풍의 움직임에서 그 목표가 자신이 아님을 알아챘기 때문이다.

"이놈들!"

갑자기 멀리서 생경한 목소리가 들린다.

'왔군!'

창!

궁비영의 머리 위에서 날카로운 소성이 일어난다. 뒤이어 산적들의 당황한 외침이 이어졌다.

"제길! 구화방이다! 도망가!"

궁비영이 눈을 떴다. 산적들이 숲으로 도주하는 것이 보인다. 고개를 돌렸다. 그러자 구화방 총관 구백이 검을 들고 달려오는 것이 보였다.

"시험은 통과한 건가?"

궁비영이 나직하게 중얼거렸다.

"죄송합니다."

"아닐세. 그래도 자네들이 버텨준 덕에 마차는 지킬 수 있었어."

구백이 너그러운 표정으로 말했다.

중광과 궁비영의 몰골은 말이 아니었다. 옷은 곳곳이 찢어지고 언뜻언뜻 혈흔도 보였다.

"저희는 정말 최선을 다했습니다. 그러니……."

"걱정 말게. 이번 일에 대한 추궁은 없을 걸세."

"아이구! 감사합니다."

궁비영과 중광이 넙죽 고개를 숙여 보였다. 그런 두 사람을 구백이 희미한 미소로 바라보며 말했다.

"돌아가세."

"그럼 이 물건들은……?"

궁비영이 마차에 실린 짐을 보며 물었다.

"계획이 변했네. 거래가 틀어져서 이 물건들을 포구로 옮길 필요가 없어졌어. 그래서 자네들을 쫓아왔던 것인데, 다행이라면 다행이군."

"덕분에 저희야 목숨을 건졌습니다. 이 은혜를 어찌 갚아야 할지⋯⋯."

"은혜라니! 방의 일을 하다 그리되었으니 오히려 방에서 답례를 해야지. 놀랐을 테니 며칠 푹 쉬게. 특별히 마방주에게 이야기를 해놓겠네."

"감사합니다, 총관 어른!"

궁비영과 중광이 재차 고개를 숙여 보였다. 그러자 구백이 그와 함께 온 구화방 무사들을 돌아보며 명을 내렸다.

"돌아간다! 물건들을 수습해라!"

*　　　*　　　*

그게 어떤 것이든 시험을 통과한 자의 삶은 변한다. 궁비영과 중광 역시 그러했다.

구화방 마부와 인부들 사이에서 두 사람은 하룻밤 새에 유명인사가 되었다. 두 사람이 산적들을 만나고도 물건을 무사히 지켜낸 사실은 사실과는 다르게 조금씩 부풀려져 그들이 산적을 물리쳤다는 말까지 나왔다.

마부와 역부들만이 아니었다. 구화방의 방도들 역시 두 사람에게 특별한 호의를 보이기 시작했다. 무뚝뚝하던 무사들조차 가끔 두 사람에게 미소를 보내곤 했다.

"이거 제대로 대접을 받는군."

오리고기가 놓인 점심상을 보며 중광이 말했다.

"그러게 말이다. 제대로 몸보신을 시키는구나."

궁비영이 오리 다리 하나를 뜯으며 말했다.

"이상한 가문이야."

"구화방?"

"응. 도대체가 그늘이 없어."

"그렇지? 내가 봐도 이상해. 사도의 인물들은 아닌 것 같아. 사도의 무리라면 방의 분위기가 이렇게 밝을 수가 있나."

"도대체 어떤 자들일까?"

중광이 고개를 갸웃한다.

"그의 무공을 보았어?"

궁비영이 물었다.

"누구? 삼총관?"

"응. 난 눈을 감고 있어서 미처 보지 못했는데……."

"나도 자세히는 보지 못했어. 그런데 신법이 대단하더라고. 나타났다 싶은 순간 어느새 네 머리 위로 이동했어. 하지만 나역시 제대로 보지는 못했다고."

"음, 네 눈에 잡히지 않을 정도면 정말 대단한 자군."

궁비영이 심각하게 말했다. 그러자 중광이 고개를 끄떡였다.

"시험은 끝났지만 앞으로 더 조심해야겠어."

"그래야지. 방심했다가는 일을 그르치게 될 거야. 당분간은 야행도 중지해야겠어."

"흐흐, 그럼 놀고먹으면 되는 건가?"

"곧 일을 주겠지. 시험을 통과한 자를 마냥 놀리지는 않을 테니까."

"오래 있다가 시켰으면 좋겠다."

"그랬다가는 구화방보다 맹에서 먼저 복귀시킬걸?"

"하긴… 급한 건 맹이니까."

휴식은 정확하게 오 일간 주어졌다. 궁비영과 중광 두 사람이 산적을 만나고 돌아온 지 육 일째 되는 날 마방주 전남산이 다시 두 사람에게 일을 맡겼다.

역시 포구까지 다녀오는 일인데 이번에는 대낮에 움직이는 것이라 산적을 걱정할 필요는 없었다.

그렇게 수월한 일을 몇 차례 맡기더니 차차 두 사람에게 제법 먼 거리의 일이 맡겨지기 시작했다. 이삼 일 노숙을 해야 하는 일도 있었다.

그런 일들은 마치 짧은 표행과 같은 것이었는데, 그래도 성도 인근을 다니는 일이라 특별히 위험한 일은 아니었다.

그러던 어느 날 삼총관 구백이 오랜만에 두 사람을 불렀다. 그리고는 드디어 두 사람이 기다리던 일을 맡겼다.

"되도록이면 밤에 움직이는 일을 시키지는 않으려 했는데 미안하게 됐네. 두 사람 말고는 딱히 믿을 만한 사람이 없어서……."

구백이 은근한 목소리로 두 사람에게 말했다. 그러자 궁비영이 망설이며 대답했다.

"저희 둘만 가야 합니까?"

두려운 빛을 감출 수 없는 표정이다.

"음, 그건 아닐세. 이번에는 두 사람의 호위무사를 함께 보낼 거야. 지난번 일도 있고 해서 말일세. 그러니 산적 따위는 걱정하지 않아도 될 걸세."

"하지만 겨우 두 사람으로……."

궁비영이 미덥지 않다는 듯 중얼거렸다.

"걱정 말게. 우리 구화방에서 가장 칼 솜씨가 좋은 사람들을 붙여줄 테니. 산적 따위는 홀로 상대할 수 있는 사람들이네."

구백이 애써 궁비영을 안심시킨다.

"그렇다면야… 알겠습니다. 하지요."

"고맙네. 대신 이 일에 대한 삯은 평소의 두 배네."

"아이고, 정말이십니까?"

궁비영이 반색을 하며 물었다.

"당연하지. 밤잠을 자지 않고 해야 하는 일인데 그 대가는 충분히 치러야겠지."

"감사합니다, 총관 어른!"

"오히려 내가 고맙네. 아무튼 일은 지난번과 같네. 해시쯤에 마방에 가서 마방주에게 짐을 받게. 그리고 남쪽 포구로 가면 되네."

"알겠습니다. 그리하겠습니다."

"음, 잘 부탁하네."

구백의 마지막 말에는 진심이 담겨 있었다.

"자네들은 운이 좋은 사람인가 보네."

해시 무렵 마방을 찾았을 때 전남산이 두 사람을 보며 말했다.

"무슨 말씀이십니까?"

"산적을 만나고도 살았고, 그 일로 단번에 방의 신임을 얻었으니 말이야."

"아이구, 신임이고 뭐고 다신 산적 같은 놈들 만나지 않았으면 좋겠습니다."

"두 번이야 오겠는가? 본래 성도 성내에 산적이 출현하는 일은 무척 드물다네."

"그런데 왜 우릴 공격한 걸까요?"

"늦은 밤이라 그런 것이겠지."

"음, 오늘은 무사해야 할 텐데."

중광이 중얼거렸다.

"너무 걱정 말게. 방의 무사가 함께 가니."

"그들은 어디 있습니까?"

궁비영이 물었다.

"이리로 오기로 했는데… 오, 저기 오는군."

전남산이 어둠 속에서 나타나는 두 사내를 가리켰다. 궁비영과 중광이 고개를 돌려보니 눈빛이 예사롭지 않은 중년 사내 둘이 마방으로 들어왔다.

"어서 오시게."

전남산이 반가운 표정으로 두 사람을 맞이했다.

"오랜만입니다, 방주."

두 사내가 전남산에게 가볍게 인사를 한다.

"음, 석 달 만인가?"

"그렇습니다."

"그래, 돈황의 바람은 어떻던가?"

전남산이 물었다.

"어떻기는요. 모래바람이죠. 사람 살기 쉬운 곳은 아니지요."

"그래도 이번 상행으로 방은 큰 이득을 취했지. 그러니 아니갈 수 없는 곳이야."

"그렇기는 하지요. 서역에서 오는 대상들을 만날 수 있는 유일한 곳이니까요."

"자자, 상행 이야기는 나중에 하고, 인사들 하게. 이들이 마차를 끌 사람이네."

"반갑소. 난 우중이라고 하고 이 친구는 세우라 하오."

날카로운 인상의 중년 사내가 궁비영과 중광을 보며 말했다. 그러자 궁비영이 얼른 고개를 숙이며 대답했다.

"잘 부탁드립니다. 전 궁무이고 이 친구는 중양입니다."

"지난번에 산적을 만났다고 들었소."

"그렇습니다."

"오늘은 걱정 마시오. 우릴 믿으면 되오."

"알겠습니다."

궁비영이 대답했다.

"자, 그럼 갑시다. 시간이 되었으니."

우중이란 자의 말에 궁비영과 중광이 얼른 마차 위에 올랐다. 그러자 두 사내도 전남산이 준비한 말에 올라탔다.

"다녀오겠습니다."

궁비영이 전남산에게 고개를 숙여 보이고는 마차를 몰기 시작했다. 우중과 세우는 마차의 십여 장 뒤에서 말을 몰기 시작했다.

"항상 첫 단추가 중요한 법이지. 사람들이 우직하면서도 명석해 보이는 것이 잘 다듬으면 쓸 만한 인재가 되겠어."

전남산이 어둠 속으로 떠나가는 마차를 보며 중얼거렸다.

"살수일까?"

마차가 구화방을 벗어나자 중광이 속삭이듯 물었다. 십여 장 뒤에서 따라오는 우중과 세우 두 사람을 두고 하는 말이다.

"조심해."

궁비영이 경고한다.

"알았어. 역시 살수 같지?"

중광이 다시 물었다.

"우리와 같은 부류야."

궁비영이 대답했다.

"이거 점점 궁금해지네. 도대체 구화방의 배후에 누가 있을까? 그리고 어떻게 살수들이 저런 모습일 수 있을까?"

"그러게 말이다. 분명 살기가 느껴지는데 얼굴은 밝아. 이상하지? 살수 수련을 했다면 성정이 저렇게 밝을 수가 없는데……."

"흐흐, 꼭 그런 것은 아니지. 우리도 인상이 나쁘진 않잖아?"

중광이 궁비영과 자신을 가리켰다.

"이놈아, 우리가 살수의 수련을 했냐? 흑성 수련은 살수와는 달라."

"뭐가 달라?"

"우린 살수라기보단 간자의 수련을 받은 거지."

"제길, 그건 더 기분 나쁜 소리네."

중광이 투덜거린다. 그러나 사실 궁비영의 말은 틀린 것이 아니었다. 물론 흑성들도 암기술을 배우기는 했지만 이들의 주된 임무는 적의 진영에 은밀히 들어가 정탐을 하는 역할이다.

"아무튼 저들의 눈을 조심해야 해. 초록은 동색이라고, 여차하면 우리 정체를 알아챌 수 있어."

"산적들 만났을 때보다 더 위험하겠어."

"당연하지."

두두두!

그사이 마차가 얼마 전 산적을 만났던 곳을 지나치고 있다. 다행인지, 혹은 당연한 것인지 오늘은 산적의 모습이 보이지 않는다.

계곡으로 난 길을 이각여 달리자 성도 성내가 한눈에 들어오는 산 중턱으로 나왔다. 멀리서 보는 화려한 불빛이 괜히 사람의 마음을 설레게 한다.

"술이라도 한잔하면 좋으련만……."

중광이 중얼거렸다.

"끝나고 한잔하자."

"그럴까?"

중광이 입맛을 다신다. 그런데 그때였다. 문득 뒤를 따라오던 두 무사가 속도를 높여 두 사람 옆으로 다가왔다.

"길을 바꾸겠소."

갑작스런 우중의 말에 궁비영이 놀라 마차를 세웠다.

"무슨 말입니까?"

"동쪽의 포구로 가겠소."

"아니, 그건 명과 다른데……."

"걱정 마시오. 이 일은 이미 총관께도 보고된 일이오."

우중이 담담하게 말했다. 그러자 궁비영이 미심쩍은 눈으로 우중을 보며 물었다.

"나중에라도 우린 책임 없습니다!"

"걱정 마시오. 그런 일은 없을 테니."

우중이 듬직하게 말했다. 그러자 궁비영이 고개를 끄덕이며 고삐를 당겼다. 그리고는 남쪽이 아닌 동쪽으로 난 길로 마차를 몰기 시작했다.

성도 동쪽 포구는 남쪽 포구에 비해 한산한 편이다. 남쪽 포구는 큰 강으로 바로 이어지는 곳이라 대부분의 배가 남쪽 포구를 이용했다.

반면 동쪽 포구는 물길도 작을뿐더러 한참 우회를 해 결국
에는 남쪽에서 흘러나오는 물길과 합류하기 때문에 이곳을 이
용하는 상선은 극히 드물었다.

"워어!"

궁비영이 고삐를 당겨 마차를 세웠다. 드디어 포구에 도착
한 것이다. 듬성듬성 불을 밝힌 곳도 있었으나 포구는 어둠에
잠겨 있었다.

"구화방에서 왔소?"

마차가 서자 문득 어둠 속에서 불쑥 두 사람의 중년 사내가
나타나 물었다.

순간 궁비영이 내심 크게 놀랐다. 어둠 속에서 나타난 자들
의 기척을 궁비영과 중광 둘 모두 제대로 느끼지 못했기 때문
이다.

그들은 마치 갑자기 땅에서 솟아난 듯 마차 앞에 등장했다.
그리고 궁비영은 이런 움직임을 보인 자들을 기억하고 있다.

'그들이다!'

당혹스런 일이다. 이곳에서 그들을 만나다니. 당황하는 궁
비영을 의아하게 바라본 중광이 궁비영 대신 얼른 대답했다.

"그렇소이다. 우린 구화방 사람들이오."

제9장
다시 유령을 보다

'역시 마천인가?'

궁비영은 의혹에 휩싸였다. 짐을 옮기는 것은 그들의 몫이 아니었다. 한 척의 상선에서 내린 사람들이 궁비영이 싣고 온 물건들을 배로 옮겼다.

궁비영과 중광을 보호하기 위해 따라온 구화방의 무사 우중과 세우는 멀찍이 떨어져서 짐을 옮기는 것을 지켜보고 있었다. 얼핏 보면 그들과 짐을 받아 가는 사람들 사이에는 아무런 연관이 없는 듯 보였다.

그러나 그건 보통 사람들의 눈에 보이는 모습일 뿐, 궁비영의 눈에는 두 사람과 물건을 받으러 나온 자들 사이에 끊임없는 대화들이 오고가는 것이 느껴졌다.

"이건 뭐냐?"

중광이 궁비영에게 물었다.

"알겠어?"

"이자들은 고수야."

중광이 평범한 장사치 복장을 하고 짐을 옮기는 자들을 보며 중얼거렸다. 그의 목소리가 바짝 긴장해 있다.

"이들이야말로 구화방의 배후 같아."

"그렇지? 그런데 어떤 자들이지?"

중광이 목적지에 가까이 다다른 자의 초조함을 드러낸다.

"본 적이 있어."

"응?"

"제일 먼저 나타났던 자들 말이야."

"그 귀신같은 자들?"

"그래. 그자들, 본 적이 있어. 물론 사람이 같은 줄은 모르겠어. 하지만 그 움직임은 분명 그들이야."

"그들이라니?"

"그것이……."

궁비영이 다시 대답을 하려는 순간 물건을 다 실었는지 마중을 나온 사내가 궁비영을 보며 말했다.

"끝났소이다."

"아이구, 힘이 장사들이시구려."

궁비영이 영락없는 마부 모습으로 대답했다.

"몇 개 되지 않으니… 무겁지도 않고 말이오."

"뭐, 그렇기는 하오만."

"수고하셨소. 이걸 삼총관께 전해 드리시오."

사내가 비단 천에 싸인 물건을 내어준다.

"무엇이오?"

"물건을 제대로 받았다는 확인서요."

"아, 그렇구려. 그런데… 궁금한 것이 있는데, 혹시 물어봐도 되오?"

"무엇이 궁금하오?"

사내가 조금 경계하는 모습으로 물었다.

"도대체 왜 밤에 물건을 받으시는 거요? 이거 위험한 물건 아니오? 혹 관에서 금하는 물건이라든지……."

"걱정 마시오. 문제가 생길 물건은 아니니까. 우리 일정이 밤에 출발해야 목적지에 제때 도착할 수 있어서 이리된 것이오."

"아, 그렇구려. 어디까지 가시오?"

"장사꾼이 오라는 곳은 다 가야 하지 않겠소?"

"하하, 그렇긴 하오."

궁비영이 어색한 웃음을 흘렸다. 그때 문득 짐을 옮겨 실은 배 위에서 한 사람이 고개를 내밀고 말했다.

"행수님, 떠날 준비가 끝났습니다!"

"알겠네."

사내가 대답하고는 궁비영을 보며 말했다.

"우린 이제 그만 가야겠소. 수고하셨소."

"우리야 뭐 은자를 받고 하는 일이니……."

"가끔 만나게 될 거요. 그때까지 잘 계시오."

"행수께서도 원행에 몸 건강하시구려. 다음에 뵙겠소."

궁비영이 친분을 맺고 싶은 사람처럼 덕담까지 한다.

"그럼!"

사내가 가볍게 고개를 까딱여 보이고는 배에 오르기 시작했다. 순간 궁비영의 눈빛이 싸늘하게 변했다.

"정말 이상한 일이군?"

궁비영이 눈살을 찌푸리며 중얼거렸다.

"뭐가? 무슨 일이 있어?"

중광이 물었다.

"그자가 표국을 떠났나?"

"무슨 소리냐니까?"

"사표두 구위야."

궁비영이 대답했다.

"사표두라니?"

중광이 되묻는데 멀리서 구화방의 무사 우중의 목소리가 들려왔다.

"그만 갑시다!"

"아, 알았소이다. 가지요."

궁비영이 얼른 대답하고는 중광과 함께 급히 마차에 올랐다. 짐을 실은 배도 어느새 서서히 포구를 떠나기 시작했다.

올 때와는 달리 돌아갈 때는 우중과 세우가 앞에 섰다. 더이상 지킬 짐이 없으니 산적의 습격도 걱정할 필요가 없었다. 그렇게 두 무사와 거리가 멀어지자 중광이 얼른 물었다.

"사표두라니, 무슨 소리냐?"

"배에 타고 있던 자 중에 청마표국의 사표두 구위가 있었어."

"뭣? 구위가?"

청마표국을 대표하는 다섯 명의 표두 중 세상에 가장 알려지지 않은 자가 바로 구위다.

그는 일반적인 표행에는 동행하지 않는다. 대신 그는 청마표국의 은밀한 표행을 도맡아 하곤 했다.

물론 궁비영은 그에 대해 다른 사람들보다 좀 더 많은 것을 알고 있었다. 그 이유는 서장으로 표행을 떠나기 전 총관 여계명이 준 책자 때문이다.

당시 여계명은 청마표국 내부에 구화방의 첩자가 있을 거라 확신하고 궁비영에게 표국 사람들에 대해 자세히 적은 책자를 넘겨주었다. 그 안에서 내부의 첩자를 찾아보라는 뜻이었는데, 서장행 내내 찾지 못하던 내부의 적을 오늘 이렇게 뜻밖의 장소에게 발견하게 된 것이다. 그는 서장행에 동행하지 않았으니 궁비영의 눈에 띌 일도 없었다.

"그가 분명해?"

중광이 믿을 수 없다는 듯 다시 물었다.

"확실해."

"어두운데 어떻게 알아? 청마표국에서도 그저 스치듯 본 게 전부잖아."

"총관 여계명이 준 책자에 그에 대해 이런 말이 쓰여 있었지. 그는 서역인의 피를 받은 사람이라 코가 높고 머리 일부에 붉은 기운이 감돈다고. 그런 자는 한 번 보면 잊을 수 없는 법이지. 달빛 아래서도 알아볼 수 있어."

"제길, 그렇다면 확실한 건데. 네놈 눈은 북산에서부터 정확했으니까. 이거 복잡하군."

"남쪽 포구가 아니라 동쪽 포구를 이용한 것도 이유가 있었어. 배가 어차피 남쪽 물길로 합류하니까 그때 사표두는 청마표국에 복귀할 수 있겠지."

"음, 그렇군. 그나저나 이젠 어떡하지?"

"뭐가?"

"배후를 밝히려면 그 배를 쫓아야 하는 것 아냐?"

"그 일이야 다른 사람이 하겠지."

"급히 소식을 전해야 하는 것 아냐? 배가 멀리 가기 전에."

"무식한 놈!"

궁비영이 중광을 타박한다.

"갑자기 무슨 소리야?"

"지금 천하는 구천맹의 세상이야. 배의 모습만 알고 있다면 장강에 뜬 배는 어느 곳에 있더라도 추격이 가능하단 말이지. 서둘 필요 없어."

"어, 그런가?"

중광이 머리를 긁적인다.

"그리고 배를 쫓는 것보다는 구화방 내부에서 그들의 정체를 알아내는 게 더 수월할 수도 있어. 보아하니 그저 이득을 위해 관계를 맺은 자들이 아니야. 한집안 사람들 같단 말이야."

"그렇게 느꼈어?"

중광이 머리를 긁적이며 물었다.

"비록 입으로 대화를 나누지는 않았지만 눈빛으로 나누는 교감이 심상치가 않더라고."

"음, 서로 말을 하지 않은 것은 의심을 피하려 함이겠지?"

"만약의 경우 지켜보는 사람이 있을 수도 있으니까. 우리도 그렇고… 무척 신중한 자들이기도 해."

"참, 그런데 아까 그들을 본 적이 있다고 했잖아?"

중광이 뒤늦게 생각이 났는지 물었다. 그러자 궁비영이 고개를 끄떡였다.

"그래, 처음 우릴 마중 나온 자들과 같은 움직임을 보인 자들을 봤어."

"어디서?"

"내가 흑성 일관에 도전했다는 걸 알지?"

"그때 본 거야?"

중광이 얼굴색을 굳히며 물었다.

"그래. 그때 그 신산이란 곳에서 만났던 괴인들. 맹의 고수들이 유령문의 사람이라고 부르던 그들이 바로 그렇게 움직였어."

그러자 중광이 되물었다.

"그들은 마천의 무리라고 하지 않았어?"

"도주나 관주들은 그랬지. 그런데 사실 이상한 점이 있어."

"뭐가?"

"당시에 말이야, 맹의 고수들이 그들을 상대할 때 유령문이라거나 유령사라는 말은 했어도 마천이란 말은 하지 않았다는 거야."

궁비영의 말에 중광이 고개를 갸웃한다.

"그래? 그렇다면 이상하군. 그들이 마천에 속한 자들이라면 유령문이라는 말보다 마천이란 말이 더 많이 나와야 하는데……."

"그래서 이상하다는 거야."

"네 생각은 그들이 마천의 마두들이 아닐 수도 있다는 거냐?"

중광이 심각하게 물었다.

"관련이 있을지는 몰라도 마천과는 거리가 있는 자들이란 것이 내 생각이야."

"음, 유령문이라……. 그들이 구화방의 배후란 말이지?"

"뭐 꼭 그렇게 단정할 수는 없겠지. 세상에 비슷한 무공을 쓰는 자들은 많으니까. 그러나 그 기도들은……."

궁비영이 미심쩍은 표정을 지으며 말꼬리를 흐린다.

"우리가 알 수 있는 일에는 한계가 있는 것 같다."

중광이 말했다.

"아무래도 그렇지?"

궁비영이 다시 눈살을 찌푸린다.

"맹에서도 우리에게 모든 정보를 주는 것은 아니니까. 우리야 혹성이라지만 애송이잖아?"

중광이 말했다. 그러자 궁비영이 목을 틀어 굳은 어깨를 풀며 중얼거렸다.

"마음에 들지 않아."

"어쩔 수 없잖냐?"

"지금이야 어쩔 수 없기는 한데… 나중에는 그렇게 되지 말아야지."

"무슨 소리냐?"

"맹에 대해서든, 마천에 대해서든, 아니면 그 유령문이란 자들에 대해서든 뭐든 알아봐야겠어. 잘못하다가는 정말 왜 죽는지도 모르고 죽을 수 있겠다는 생각이 들어."

궁비영의 말에 중광이 심각한 표정으로 말했다.

"위험한 생각이야, 맹에 대해 역으로 조사를 한다는 것은. 그 사실이 알려지면……."

"이 미친놈아, 내가 그렇게 멍청하냐, 그런 일을 들키게?"

"물론 그렇지는 않지만……."

"걱정 마. 천천히, 그리고 위험하지 않게 알아볼 테니까."

"그, 그래, 너라면 뭐……."

중광이 말을 얼버무린다. 그러나 여전히 어두운 표정은 걷히질 않았다.

노인의 눈에 한순간 살기가 돈다.

"확실하오?"

노인이 물었다. 허름한 마의를 입고 있지만 세상에서 가장 독한 심성을 지닌 사람으로 알려진 노인이다.

"정확히 확인한 사실은 아닙니다."

삼관주 곽묘랑이 대답했다.

"음, 그 배를 찾아야겠구려."

"그렇습니다. 물론 다른 방법도 있기는 하지만……."

"다른 방법이라면 무엇이오?"

"청마표국의 사표두 구위를 잡아들이는 것입니다."

곽묘랑이 대답했다. 그러자 오죽노 혜간이 고개를 젓는다.

"그건 안 되오. 타초경사의 우를 범할 수 있소. 어렵게 잡은 꼬리요. 미끼를 빼버리면 어떻게 낚시를 할 수 있겠소."

"그렇기는 합니다만……."

곽묘랑이 고개를 끄떡인다. 그러자 오죽노 혜간이 잠시 생각에 잠겼다가 말했다.

"만약 정말 그들이 유령문과 연관이 있다면 이 기회에 유령문을 강호에서 완전히 멸절시킬 수도 있을 것이오."

"맹으로서는 반드시 필요한 일이지요."

"그들이 신산에 출현한 이후 벌써 맹의 고수가 여럿 은밀하게 죽임을 당했소. 모두 마곡산에 출정했던 사람들이오."

"벌써 말입니까?"

곽묘랑이 놀란 표정을 짓는다.

"그중에는 백문의 정교, 화산의 월언, 비산문의 교동인이 포함되어 있소."

"아! 그들까지!"

곽묘랑의 눈이 커진다.

"이 세 사람이 당했다는 것은 큰 의미가 있소. 유령문이 구파의 정예를 두려워하지 않는다는 의미요. 다른 사람들이야 맹의 필요로 강호에서 불러들인 사람이지만 이들은 다르오."

"그렇군요."

곽묘랑이 어두운 표정으로 고개를 끄덕였다. 그러자 오죽노가 가볍게 한숨을 쉬며 입을 열었다.

"문제는 그들만이 아니오."

"다른 일이 있나요?"

곽묘랑이 물었다.

"삼관주는 마천과 유령문 둘 중 어디가 더 구천맹에 위협이 된다고 보시오?"

갑작스런 질문에 곽묘랑이 잠시 생각에 잠긴다. 그러다가 이내 고개를 들며 말했다.

"장기적으로 보자면 당연히 마천이 더 위험한 적이지요. 그들은 뿌리가 깊고 때를 기다려 세를 일으킬 줄 아니까요. 천하 군림의 야망도 가지고 있고요."

"음, 장기적으로 그렇다면 단기적으로는 유령문이 더 위협이 된다는 뜻이오?"

"그렇습니다. 그들은 날이 잘 선 칼이지요. 우린 칼을 거꾸로 잡았고요. 잘못하면 팔다리가 잘려 나갈 수 있지요. 그렇게되면 어부지리를 얻는 쪽은 마천이 될 겁니다."

곽묘랑의 말에 오죽노가 고개를 끄떡였다.

"정확히 보셨소. 솔직히 말하자면 난 마천은 두렵지 않소. 변수가 없는 한 난 언제든 마천을 대적할 수 있소. 그들과는 결국 세력의 싸움이니 명분을 얻고 있는 우리가 유리하오. 물론 일시적인 어려움을 겪을 수는 있으나……. 그러나 유령문은 다르오."

오죽노가 살짝 아미를 모으며 잠시 말을 끊었다. 그리고는 잠시 후 다시 입을 열었다.

"유령문은 마치 쐐기와 같소. 그 하나로는 천하를 움켜쥘 힘이 없지만 누군가와 힘을 합치는 순간 천하의 향배를 바꿀 수 있는 그런 존재들이오. 그런 자들이 우리를 노리고 있소."

"단단한 준비가 필요한 상대지요."

곽묘랑이 고개를 끄떡인다. 그러자 오죽노 혜간이 고개를 젓는다.

"그래야 하는데… 구파의 수장들은 그렇게 생각하질 않는 모양이오."

"그렇게 생각지 않다니요?"

곽묘랑이 놀란 표정으로 묻는다.

"그들은 유령문을 과소평가하고 있소."

그러자 곽묘랑이 고개를 젓는다.

"그럴 리가 있나요? 누구보다도 유령문의 힘을 잘 알고 있는 사람들인데……."

"그러게 말이오. 사람의 마음이란 참으로 간사한 모양이오. 구천맹이 마천을 어떻게 물리쳤는지 벌써 잊은 것 같더구려. 마치 오직 구천맹의 힘으로 마천을 물리쳤다고 생각하고 있는 듯했소."

"어떻게 그렇게 생각할 수 있나요? 그들이 아니었다면 지금 세상을 지배하는 것은 구천맹이 아니라 마천일 겁니다."

곽묘랑이 분개한 표정으로 말했다.

"맞는 말이오. 그러나 권력의 달콤함은 바로 어제의 아픔조차도 잊게 하는 모양이오."

"그럼 그들을 상대하는 데 자파의 고수를 쓰지 않으려 하겠군요. 오죽노께서만 이리 고생을 하시고……."

곽묘랑이 불만 가득한 표정으로 말했다. 그러자 혜간이 고개를 저으며 말했다.

"나야 고생을 한들 무슨 상관이겠소. 다만 한 번의 방심으로 대사를 그르쳐 세상이 다시 마귀들의 소굴이 될까 그것이 걱정이오."

"그런 일이 다시 있으면 안 되지요. 방법이 없을까요?"

곽묘랑이 오죽노 혜간을 보며 묻는다. 그러자 혜간이 잠시 생각에 잠겼다가 입을 열었다.

"오직 하늘의 뜻을 기다릴 뿐이오."

"갑자기 그게 무슨 말씀이십니까?"

"하늘이 구천맹에게 다시 기회를 준다면 유령문을 제압해 화근의 씨를 태워 버릴 수 있을 것이되, 그렇지 않다면 세상은 다시 마귀들의 손에 들어갈 것이오."

"어떤 기회를 기다리시는 겁니까?"

곽묘랑이 물었다.

"구천맹의 수장들이 유령문의 힘을 두려워할 때, 그들이 유령문의 진실한 힘 앞에 나약해진 자신들을 발견할 때, 그때가 바로 유일한 기회가 될 것이오."

"그 말씀은 그들의 공격을 그대로 두고 보자는 말씀이십니까?"

곽묘랑이 걱정스레 물었다.

"어쩔 수 없는 일이오. 자신의 수족이 잘려 나가는 것을 보아야 와신상담하던 과거를 떠올릴 테니까."

"아! 말로 설득할 수는 없을까요?"

"나로선 불가능하오."

"오죽노 님의 말씀을 듣지 않는다면 천하의 그 누구도 그들을 설득할 수 없지요."

곽묘랑이 의기소침한 표정으로 말했다.

"때를 기다리며 준비를 해야 하오. 그들이 가장 승할 때 그들의 치명적인 약점을 공격할 준비를."

"무엇을 하오리까?"

곽묘랑이 물었다. 그러자 혜간이 대답했다.

"다행히 우리에겐 흑성이 있소."

"그렇지요."

"모든 흑성을 동원해 어떤 희생을 치르더라도 그들의 조직을 파악해 둬야 하오. 그래야 때가 이르렀을 때 그들의 급소를 찌를 수 있소. 이번만큼은 마곡산에서의 일을 되풀이하면 안 될 것이오."

"그 일을 실패로 보시는군요."

"당장 유령문이 건재하지 않소? 유령문의 유령사들이 본 맹의 형제들을 공격하고 있고 말이오. 물론 완전한 실패는 아닐 것이오. 어쨌든 그들의 본거지를 궤멸시킨 것은 맞으니. 하지만……."

"그렇군요. 맞습니다. 마곡산의 일은 절반의 성공이군요. 하면 언제쯤 때가 이를까요?"

곽묘랑이 물었다. 그러자 오죽노가 대답했다.

"그리 멀지 않았소. 그들의 살행이 시작된 이상 몇 달 안에 맹의 주인들은 자신들이 얼마나 위험한 상태에 놓였는지 알게 될 것이오. 그때까지는 나도 그들의 행보를 적극적으로 막을 생각이 없소."

오죽노 혜간의 눈빛이 차갑게 빛났다.

*　　　　*　　　　*

"젠장, 언제까지 이러고 있으라는 거야!"

중광이 말고삐를 놓으며 분통을 터뜨렸다. 말은 익숙한 길이므로 아무 상관 없이 앞으로 나아갔다.

"편하고 좋잖아?"

궁비영이 되물었다.

"야, 그것도 하루 이틀이지. 벌써 두 달째다. 아마 오죽노께서는 이미 그 배를 추격해 그들의 정체와 본거지를 알아냈을걸."

"실패했을 수도 있어."

궁비영이 신중하게 대답했다.

"에이, 설마…… 흑성이 투입됐을 거고 맹의 청웅기도 움직였을 텐데 그 큰 배를 놓쳐?"

"네가 그들의 무공을 제대로 보지 못해서 그래. 정말 무서운 자들이야. 월천보를 극성으로 익힌 자들이랄까?"

"정말 그 정도냐? 그럼 너처럼 공간을 제압하며 움직일 수 있는 거야?"

"간혹 나보다 능숙한 것처럼 보였어."

"음, 그럼 정말 무서운 자들인데……"

"아무튼 오늘 다시 한 번 방주의 처소에 가보려고."

"거긴 또 왜 가?"

"아무래도 다른 사람의 입을 통해 듣는 것보다는 당사자들의 입을 통해 듣는 게 더 정확하지 싶다. 맹에서 우리에게 이들에 대한 정보를 모두 주는 것도 아니고."

그러자 중광이 고개를 저으며 말했다.

"그들이 네가 왔다고 우린 이런 사람입니다 하고 말해준다든?"

"그래도 이대로 있을 수는 없어. 제대로 알아야 위급한 순간에 대비를 하지. 이대로 있다가는 아무것도 모르고 당할 수도 있다고."

"알았다, 알았어. 하지만 조심해야 해. 그들이 정말 네가 말한 그들이라면 침입자를 방비하는 능력도 허술하지 않을 거야."

"한 번 가본 곳이니까. 그리고 오늘 낮에 보니까 제법 귀한 손님이 방에 온 모양이더라고. 총관 셋이 모두 나와서 그들을 맞이했어."

"그들은 나도 보았어. 그런데 여인인 듯싶던데? 가마를 타고 왔잖아?"

"남녀가 섞여 있는 일행이었어."

궁비영이 대답했다.

"음, 중요한 자들이라면 필히 방주의 처소에 있겠지."

중광이 고개를 끄떡였다.

밤공기가 차다. 어느새 가을로 접어드는 계절이다. 궁비영이 찬바람을 맞으며 지붕 위로 스며들었다. 그리고는 다시 은신포를 덮고 지붕 아래서 들려오는 소리에 귀를 기울였다.

"이상한 일이군요. 그들이 움직이지 않다니."

구화방주의 목소리다. 놀라운 일이다. 그가 존대를 하는 대상이 손님으로 온 것이다.

'누굴까?'

궁비영이 의구심이 솟아올라 기와를 한 장 들어내고 귀를 바싹 댔다. 그러자 좀 더 선명한 목소리가 들린다.

"아직 자신들의 위험을 실감하지 못하는 것 같아요."

여인의 목소리다. 목소리로는 중년의 나이로 들린다.

"백문의 정교, 화산의 월언, 비산문의 교동인 이 세 사람이 죽었는데 위협을 느끼지 못한단 말입니까?"

"그만큼 권력의 마성에 취해 있는 것이겠지요."

"하지만 구파의 수장들은 몰라도 오죽노는 결코 그럴 사람이 아니지 않습니까?"

다시 구화방주의 목소리다.

"물론 그렇지요. 오죽노는 지금도 분명 우리의 행적을 찾고 있을 거예요. 그러나 그 홀로 당장 우리를 공격할 수는 없지요. 구파의 주인들이 동의하지 않는 한 그도 어쩔 수 없는 일이에요."

"그의 속이 타겠군요."

"하지만 손 놓고 있을 사람이 아니에요. 분명 때를 노리고 있을 거예요. 마곡산의 일을 잊으면 안 돼요. 당시 우린 완전히 그를 믿고 있었지요. 그는 그런 우리를 배신했고요."

"독한 자입니다. 마천과의 싸움 동안 보여주던 그의 웃음, 잊을 수가 없습니다."

"구천맹의 동료들까지 사지로 밀어 넣은 자니까요."

여인이 대답했다. 그러자 구화방주의 입에서 뜻밖의 말이 나온다.

"그는 어떻습니까?"

"여전해요."

"무공을 회복할 것 같습니까?"

"그 또한 모르겠어요. 귀동에 들어가 나오지를 않아요. 마치 폐인 같아 보였어요."

"폐인이 되어도 이상할 것이 없지요. 설마 배신당할 거라고는 생각지 못했을 테니 말입니다. 그가 우리를 돕는다면 무척 큰 힘이 될 텐데요."

"령주께서도 은근히 기대하는 눈치긴 하던데……. 그와 우린 한때 무척 가까운 사이였으니까요. 특히 령주께서는 그를 무척 아꼈지요. 아마 본 문의 무공도 여럿 그에게 전수하셨던 것 같아요. 하지만 그가 삶의 의욕을 잃었으니……."

여인의 자신 없는 말투다.

"그와 이야기는 나눠보셨습니까?"

"한두 마디 정도는 해요."

"뭐라던가요?"

"뭐, 특별한 것은 없었어요. 필요한 것 정도… 고맙다는 말도 하더군요."

"음, 결국 방법은 하나군요."

"그렇죠."

여인이 구화방주의 말에 동의한다.

"령주께서는 여전히 반대하십니까?"

"혈육을 이용하는 것은 본 문의 율법에 어긋나는 일이라고 하시더군요."

"그냥 단지 진실을 전하는 것만으로……."

구화방주의 말이 채 끝나기도 전에 궁비영이 움직였다. 천장을 뚫고 자신을 향해 날아오는 날카로운 살기를 느꼈기 때문이다.

급히 허공에 떠오른 궁비영의 아래쪽에서 두 개의 암기가 날아든다.

"젠장!"

궁비영이 욕설을 흘리며 급히 두 손을 저었다. 그러자 허공에서 궁비영의 신형이 순식간에 사라졌다.

투툭!

어느새 담장 옆에 자란 은행나무 안에 들어간 궁비영이 재차 신형을 날렸다. 그러자 다시 그의 모습이 사라졌다.

"놀랍구나!"

궁비영이 사라진 곳으로 뛰어든 노인이 중얼거렸다. 노인이 급히 담장 너머로 시선을 돌렸다. 그러나 어디서도 궁비영을 찾을 수는 없었다. 그때 구화방주의 처소에서도 일단의 사람이 몰려나왔다.

반백의 머리에 수수한 문사건을 쓴 자가 구화방주다. 그의 옆에는 얇은 천으로 얼굴을 가린 여인이 서 있다.

궁비영을 추격해 은행나무 위에 올랐던 노인이 가볍게 구화방주와 여인 앞에 내려섰다.

"놓쳤나요?"

여인이 물었다.

"그렇습니다."

"놀랍군요. 북왕님을 따돌리다니."

"그의 무공이 예사롭지 않습니다."

"보셨나요?"

"얼핏 보았습니다만… 아무래도 월천보를 쓰는 것 같았습니다."

"설마 구천맹의 간자란 말인가요?"

여인이 놀란 표정으로 묻는다.

"짐작만으로는 확신할 수 없지요."

노인이 대답했다. 그러자 구화방주가 말했다.

"구천맹의 흑성들이 강호에 나온 지 벌써 몇 개월 되었지요."

"흑성 중 한 명이라면 놀라운 일이오. 월천보를 썼다는 가정하에 그 성취가 극에 이른 자였소. 과거 흑성 중에서도 월천보의 진수를 제대로 터득한 자는 없었소이다."

"강호에는 항상 특별한 자가 나타나게 마련이지요."

구화방주가 대답했다. 그러자 면사의 여인이 구화방주를 돌아보며 물었다.

"혹 의심되는 사람이 없나요?"

"지금으로썬 당장 떠오르는 자가 없군요. 최근 들어 사람을 많이 들이는 바람에……."

"세심하게 찾아보세요. 이 정도로 가까이 접근했다면 저들이 곧 구화방의 내막을 알게 될 수도 있습니다."

"알겠습니다."

"방주님의 주변도 경계를 철저히 하세요. 저들이 살수를 쓸 수도 있습니다."

"그 또한 항상 준비하고 있습니다."

"부디 모두들 조심하세요. 마곡산의 참변은 한 번으로 족합니다."

면사의 여인이 주위를 돌아보며 말했다. 그러자 사람들이 일제히 대답했다.

"소문주의 말씀, 명심하겠습니다."

방으로 돌아와서야 궁비영은 안도의 숨을 내쉬었다.

"무슨 일이야? 들킨 거냐?"

"무서운 자들이야. 지붕 위에 숨어 있었는데 방 안에서 내 기척을 느꼈어."

"제대로 천환의 은신술을 썼어?"

중광이 급히 묻는다.

"내가 잠시 방심한 모양이야. 처음에는 기도를 완전히 죽이고 있었는데 중간에 그들이 하는 이야기가 너무 놀라워서 그만……."

"얼굴을 보이지는 않았지?"

중광이 얼른 묻는다. 그러자 궁비영이 고개를 끄떡였다.

"다행히 얼굴을 보이지는 않았어. 하지만 월천보를 쓸 수밖에 없었다."

그러자 중광이 다행이란 표정을 지으며 말했다.

"월천보야 무슨 상관이냐."

"그들이 알아볼 수도 있어."

"구천맹에서 구화방을 염탐할 거란 건 어린애도 짐작할 수 있는 일이야. 네 얼굴만 드러나지 않으면 된 거지."

"음, 그런가?"

궁비영은 여전히 걱정스런 표정이다. 그러자 중광이 물었다.

"도대체 무슨 소리를 들은 건데?"

"그자들, 구천맹과 싸움을 하려 하고 있어. 아니, 벌써 싸움이 시작된 모양이야."

"뭐? 맹과?"

중광이 놀란 표정으로 되물었다.

"그래. 듣자 하니 벌써 맹의 고수 몇 명을 암살한 모양이던데……."

"누굴?"

"그들이 말하길 백문의 정교, 화산의 월언, 비산문의 교동인을 죽였다고 했어. 이 세 사람은 우리도 알고 있는 유명한 자들 아닌가?"

"정말? 정말 그들이 죽었다고 했어?"

중광이 믿을 수 없다는 표정으로 다시 물었다. 그러자 궁비영이 고개를 끄떡인다.

"그렇다니까. 그런데도 구천맹의 주인들이 위험을 느끼지 못한다고 혀를 차더라고."

"무슨 말이 그래? 구파의 수장들이 방심하면 자기들에게 더 좋은 일 아닌가?"

"노리는 바가 따로 있는 것 같아. 구천맹이 자신들의 공격에 반응하기를 기다리고 있는 듯했어."

"헐! 거참, 대단한 자들이군. 구천맹을 도발하려 하다니."

중광이 혀를 찬다. 그러자 궁비영이 잠시 생각에 잠겼다가 입을 열었다.

"여하튼 이곳을 떠날 때가 온 것 같다."

"무슨 소리야? 별로 한 일도 없는데."

"첩자가 들었다는 사실을 알았으니 최근에 구화방에 들어온 자들을 조사할 거야. 그럼 우리도 위험해."

"하지만 우린 이미 그들의 시험을 통과했잖아?"

"그 정도로 안심할 수 있는 일이 아니야. 그들은 뭔가 달라."

"젠장, 뭐가 다르다는 거야? 다 같은 사람이지!"

중광이 퉁명스레 말했다.

"그들은 흑성 위의 흑성 같은 느낌이야. 네가 그 늙은이의 움직임을 봤어야 하는데. 신산에서 유령사라 불리던 자들도 대단했지만 오늘 지붕 위로 날아오르던 자는 정말 무서웠어. 더군다나 그들의 행보는 너무나 은밀해. 아마도 그런 자들이라면 첩자를 찾아내는 데에도 빈틈이 없을 거야."

"그렇다고 이대로 떠나자고? 그리되면 우리가 그동안 첩자 노릇을 했다는 것이 고스란히 드러날 텐데?"

"맹에서 자연스럽게 우릴 빼낼 방법을 찾아주겠지."

"도움을 청하려고?"

"지금은 도움이 필요할 때야."

궁비영이 심각하게 말했다.

*   *   *

가슴이 흔들렸다. 기이한 일이다. 마치 영원히 만나지 못할 것 같던 사람을 만난 것 같은 느낌이다. 사람들 눈이 없다면 그녀를 안아주고 싶기까지 하다.

'젠장!'

궁비영이 내심 욕설을 쏟아냈다. 이 감정의 정체를 궁비영이 모를 리 없다. 그의 마음에 이미 그녀가 들어와 있는 것이다. 그 자신조차도 모르는 사이에 그의 내면에서 일어난 일이라 당혹스러울 수밖에 없었다.

"오라버니!"

참으로 요사스러운 여인이 아닌가. 궁비영이 자신에게 반갑게 달려오는 당목을 보며 생각했다.

"네, 네가 어쩐 일이냐, 이곳까지?"

궁비영은 모든 것을 짐작하고 있었다. 아마도 맹에서는 궁비영과 중광을 자연스럽게 구화방에서 떠나게 만들기 위해 당목을 보냈을 것이다. 그런데 왜 하필 그녀일까.

"어머님이 위독하세요."

당목이 말했다.

"그럼 사람을 보내지 않고 왜 직접 온 것이냐?"

"오라버니가 어디 계신 줄 알고 사람을 보내요. 성도로 간다는 소식만 전하셨잖아요. 그래서……."

"음, 이곳은 어찌 찾은 것이냐?"

"대동 오라버니를 만났어요. 장안에서."

"음, 녀석이 장안으로 갔군."

궁비영이 고개를 끄떡였다.

"아무튼 서둘러 떠나야 해요. 어머니께서 오라버니를 많이 찾으세요."

당목이 다급한 표정으로 말했다. 그러자 그 모습을 보고 있던 구화방의 경비무사가 입을 열었다.

"동생이 맞구려."

"그렇소이다."

궁비영이 고개를 끄떡였다.

"음, 알겠소. 그럼 난 그만 가보겠소."

"고맙습니다, 대협."

당목이 물러가는 구화방 경비무사를 보며 다소곳이 고개를 숙여 보인다.

"허험! 고, 고맙기는 무슨, 당연한 일을 한 것이오. 허험!"

경비무사가 연신 헛기침을 한다. 그도 그럴 것이, 당목의 차림이 비록 수수하기는 하나 여장을 한 그녀는 세인의 이목을 끌 만큼 아름다웠다.

경비무사가 멀리 물러가자 궁비영이 정색을 하며 물었다.

"이곳엔 어쩐 일이오?"

"맹에 도움을 청했잖소?"

당목이 대답했다.

"그러나 그대가 오는 것은 위험한 일이오. 이곳은 사천 성도요. 당가의 사람을 알아볼 자가 어찌 없겠소?"

궁비영이 질책하듯 말했다. 그러자 당목이 고개를 저으며 말했다.

"그런 걱정은 마시오. 당문에서도 내 얼굴을 아는 사람은 극히 적으니까. 또한 이런 모습은 생전 처음 하는 것이라 내 어머님도 날 알아보지 못할 것이오."

당목의 차갑게 대답했다.

"휴, 알겠소. 어쨌든 사람들 이목이 있으니 안으로 들어갑시다."

궁비영이 서둘러 당목을 자신의 거처로 이끌었다.

제10장
어둠 속의 목소리

구백이 난감한 표정으로 서탁을 두드린다.

톡톡톡!

일정하게 울리는 탁자 두드리는 소리에 궁비영은 문득 차가운 긴장감을 느꼈다.

'성급했나?'

후회가 밀려든다. 하긴 너무 갑작스런 통보였을 것이다. 고향 땅의 노모가 위독해 동생이 왔다는 것, 그리하여 구화방의 마부 자리를 내놓고 산서로 돌아가겠다는 말 중에서 의심될 만한 것은 없었다.

그러나 구백에게 그 말을 하는 순간 궁비영은 자신이 너무 경솔했다는 것을 깨달았다.

보통의 상가라면 당연히 걱정을 해주고 노자도 두둑이 주어 떠나보내는 것이 맞다. 그러나 구화방은 보통의 상가가 아니다. 유령문이라는 정체 모를 집단과 은밀히 연결되어 있는 의뭉스런 상가인 것이다.

처음부터 느끼던 느낌을 기억해야 했다. 구화방의 총관들에게서 느껴지는 냄새가 노련한 상인의 것이 아닌 서늘한 무인의 것이었음을 잊고 있었다.

'왜 이런 실수를 했을까?'

궁비영이 내심 이 터무니없는 실수를 자책했다. 이렇게 직접 구백을 찾아올 일이 아니었다. 구백 등 총관들은 다른 사람을 통해 이 소식을 듣게 해야 했다.

더군다나 지금은 그들이 구화방에 들어와 있는 간자를 찾고 있는 때다. 이럴 때는 말 한마디, 행동 하나가 의심을 산다.

'그녀 때문인가?'

궁비영이 당목을 떠올렸다. 그녀가 자신을 찾아온 것은 생각지도 못한 일이었다. 위험하기도 하지만 반갑기도 한 그녀다. 그녀의 등장이 자신을 조금 들뜨게 만든 것 같기도 했다.

"사천 어디라고 했지?"

가슴 뜨끔한 질문이다. 보통의 경우라면 어머님이 많이 안 좋으시냐고 물어야 정상이다. 정확한 고향의 위치를 묻는 것은 이미 의심이 시작되었다는 의미다. 이제 한 번의 실수는 돌이킬 수 없는 파국을 만들 것이다.

"북산 인근입니다."

이럴 때는 가장 잘 아는 곳을 말해야 한다. 그래야 어떤 질문에도 대답할 수 있다. 궁비영이 천하에서 그 지리와 주변 사정을 가장 잘 아는 곳은 오직 두 곳, 북산과 무명도다.

"음, 북산이라……. 제룡가가 있는 곳이군."

"그렇습니다."

궁비영이 대답했다.

"내가 연전에 북산에 갔을 때 유황곡이라는 곳에 들른 적이 있지. 온천이 아주 좋더구만. 상행길이 아니었다면 몇 달 머물고 싶은 곳이었지."

구백의 말에 궁비영이 내심 안도한다. 이 정도 시험이라면 충분히 통과할 수 있다.

"좀 이상하군요. 유황곡이라고 하셨습니까?"

"그렇다네."

"북산에서 닷새 길에 있는 그 유황곡을 말씀하시는 겁니까?"

"음, 그 정도 거리였나?"

구백이 모호한 대답을 한다.

"혹 제룡가와도 거래를 하시는 겁니까?"

"그건 아닐세. 아직은 구천맹의 문파들과는 거래를 트지 못했네. 그런데 그건 왜 묻나?"

"제가 알기로 수년 전까지만 해도 유황곡의 온천은 누구에게나 개방이 되었었지요. 그러나 얼마 전부터는 일반인의 출입이 통제되고 오직 제룡가의 혈족만이 들어갈 수 있게 되었는데……."

순간 구백의 눈빛이 반짝인다. 그 눈빛을 보는 순간 궁비영
은 안도의 한숨을 내쉬었다. 의심이 사라지는 것을 본 것이다.

"그래? 그럼 그곳이 아니었나? 커다란 바위 다섯 개가 있는
온천이었는데……."

"그곳이라면 유황곡이 아니라 오룡담이군요."

"오, 오룡담이라……. 아, 맞아. 그렇군. 그때 우릴 안내한
자가 그랬지. 유황곡에 모시려 했으나 그곳은 금지가 되어 아
쉽게도 오룡담으로 모신다고. 뭐 오룡담도 좋았지."

"그렇지요. 다섯 개의 바위가 늘어서 있어 쉬기는 오히려 오
룡담이 좋지요."

"음, 자네도 가보았군."

"본래 고향을 떠날 때부터 어머님의 몸이 좋지 않으셔서 자
주 찾았지요."

"음, 효자로군. 알겠네. 그럼 언제 떠나는가?"

"아무래도 서둘러야겠습니다. 허락해 주신다면 당장 내일
이라도……."

"알겠네. 하지만 내일 하루는 더 일을 해주고 삼 일 후에 떠
나는 것은 어떻겠나? 모레 하루는 쉬고 말일세. 내 방주께 말
씀드릴 시간도 필요하고……."

'아직 의심하는가?'

궁비영의 마음이 다시 서늘해졌다. 일개 마부의 행보를 방
주에게 보고하는 상가는 그리 많지 않다.

"그리하겠습니다."

궁비영이 순순히 대답한다. 그러자 구백이 너그러운 미소를 보이며 말했다.

"인명은 재천! 너무 조급해하시지 말게."

"알겠습니다."

"좋아, 오늘 밤 해시에 다시 마방주를 찾아가게."

"알겠습니다."

궁비영이 대답을 하고는 서둘러 구백의 처소를 벗어났다.

"제길, 이 와중에 다시 짐을 나르라니. 무슨 꿍꿍이가 있는 것은 아니겠지?"

중광이 투덜거리며 궁비영에게 물었다.

"모르겠어. 의심을 하는 것 같기도 하고."

궁비영이 대답했다. 그러자 당목이 차갑게 입을 열었다.

"만약의 경우 구화방을 탈출하라는 명이 있었소. 일단 구화방 밖으로만 나간다면 저들도 더 이상 어쩔 수 없을 것이오. 그들이 비록 사천의 상권을 장악했다고는 해도 여전히 사천은 구천맹의 것이오."

"그들을 경험해 보지 않았소?"

궁비영이 정색하고 말했다.

"물론 신산에서 그들의 무공은 정말 놀라웠소. 그래도 그들이 그대들 두 사람을 잡자고 자신들의 본모습을 드러내지는 않을 것이오."

"음, 그 말도 일리는 있군. 그래 봐야 우린 간자 아니냐?"

중광이 당목의 말에 맞장구를 쳤다.

"그들의 행사가 은밀한 것이 걱정인 거야. 자신들을 드러내지 않고도 우릴 추격할 수 있단 말이지."

궁비영이 말했다. 그러자 당목이 다시 말했다.

"우린 흑성이오. 어둠 속에서의 싸움에서 패한다면 흑성의 자격이 없소."

냉정한 당목의 말에 궁비영과 중광이 뻘쭘한 표정을 짓다가 결국 자리를 털고 일어났다.

"다녀오겠소."

궁비영이 당목에게 말을 하고는 문을 열고 나갔다. 그러자 당목의 목소리가 등 뒤에서 들렸다.

"조심들 하시오."

"알 수 없어."

중광이 걸음을 옮기며 말했다.

"뭐가?"

"그녀 말이다."

"당목?"

"그래."

"뭐가?"

"말하는 거나 행동하는 것을 보면 전혀 그렇지 않은데 눈빛을 보면 말이야……."

중광이 말꼬리를 흐린다.

"눈빛이 왜?"

"네게 마음을 준 것 같아서 말이야."

"쓸데없는 소리!"

궁비영이 급히 중광의 말을 끊었다.

"이 망할 놈아, 이상한 것은 그녀만이 아니야. 너도 그래."

"내가 뭘?"

"네놈도 눈빛이 이상하다고. 너, 그녀를 마음에 두고 있는 것 아니냐?"

"미친놈!"

"젠장, 내가 널 모르냐. 맞지?"

중광의 추궁에 궁비영이 더 이상 말을 하지 않는다. 무언은 곧 긍정이다.

"위험한 일이다."

중광이 중얼거렸다.

"알고 있어."

"그런데 왜 그래?"

"사람 마음이 어디……."

"젠장, 그래도 그녀는 아냐. 그녀가 흑성이라서가 아니야. 그건 오히려 괜찮지. 그녀가 당문주의 혈육이라는 것이 좋지 않아. 그건 널 위험하게 만들 수 있어."

"알고 있다니까!"

궁비영이 화를 냈다. 그러나 중광은 물러서지 않고 말을 이어나갔다.

"그녀는 마치 화탄 같은 존재야. 언제 터질지 모른다고. 그럼 네가 원하는 삶, 자유로워지는 것은 물 건너간다."

"걱정 마. 마음은 몰라도 행동은 통제할 수 있어."

"제길, 그렇긴 하지. 네놈이 사실은 세상에서 가장 독한 놈이란 걸 아니까."

중광이 고개를 끄떡였다. 그러면서도 궁비영은 안쓰럽게 바라보는 중광이다.

당목에 대한 이야기를 나누는 동안 두 사람이 어느새 마방에 도착했다.

"어서 오게."

마방주 전남산이 두 사람을 맞이했다. 짐은 어느새 마차에 실려 있었다. 이번에도 짐은 단출하다. 여섯 개의 목함이 전부다. 그런데 이상한 것은 이번에는 호위무사들이 보이지 않는다는 것이다.

"호위무사는……?"

"오늘은 동행하지 않네."

"하면……?"

궁비영이 의아한 표정으로 되물었다.

"음, 길이 멀지 않네. 특별히 험로도 없고. 대로로 이동하니굳이 호위무사가 필요치 않는 일일세."

"어디로 가면 됩니까?"

중광이 물었다.

"서쪽 길을 따라 한 시진 정도 가면 죽성촌이라는 마을이 있네. 마을 초입에 도착하면 마중하는 사람이 있을 걸세."

"알겠습니다."

궁비영이 군말 없이 대답하고는 서둘러 마차에 올랐다. 그러자 전남산이 중광에게 묻는다.

"왜 저러나? 다른 때와 다르군, 저 친구."

"못 들으셨습니까?"

중광이 되물었다.

"무슨……?"

"오늘이 마지막입니다. 저 친구 모친이 위독하셔서 산서로 돌아가야 합니다. 그래서 우울한 게지요. 뭐, 덕분에 저도 떠나게 되었습니다만……."

"아, 그런가?"

전남산이 몰랐다는 듯 눈을 크게 뜨며 되물었다. 그러자 중광이 아쉬운 표정으로 말했다.

"구화방을 떠나는 것이 아쉬울 뿐이지요. 아직 금자는 턱없이 모자란데……. 돌아오면 다시 일을 할 수 있을까요?"

중광이 물었다.

"음, 가능할 걸세. 삼총관께서 자네들을 잘 보셨으니 일은 다시 맡을 수 있을 걸세."

"다행이군요."

"언제 떠나나?"

"삼총관께서 삼 일 후에 떠나라 하십니다."

"알겠네. 나도 아쉽군. 아무튼 오늘 일도 잘 부탁하네."

"다녀오겠습니다."

중광이 훌쩍 말 위에 날아올라 마차에 올랐다. 그러자 궁비영이 급히 말을 몰기 시작했다. 마차가 떠나자 전남산이 고개를 갸웃하며 중얼거렸다.

"의심할 것이 없는 것 같기도 하고, 또 모든 게 의심스럽기도 하고… 알 수 없는 자들이야. 그나저나 저들이 떠나면 또 누굴 들여야 하나."

마방주 전남산의 말은 틀리지 않았다. 굳이 호위무사를 붙일 필요가 없는 길이었다. 아무리 외진 곳이라 해도 대여섯 채의 집이 있어 산적이 나타날 수 없는 길이었다.

덕분에 두 사람은 여유있게 마차를 몰았다. 달빛이 호젓하기도 했지만 일찍 돌아가 봐야 기다리고 있는 당목이 부담스럽기도 한 궁비영이기에 일을 서두를 이유가 없었다.

그러나 길은 결국 끝이 있게 마련이다.

"저곳인가 보군."

중광이 손을 들어 앞을 가리켰다. 밤바람에 휘날리는 대나무 잎 소리가 어지럽게 들린다.

"마을 이름이 죽성촌인 이유를 알겠군."

"그러게 말이야. 온통 대나무 숲인걸."

중광이 대답했다.

대나무 숲이 마을 주변을 둥글게 둘러싸 자연스럽게 울타리를 만들고 있었다.

"죽순을 팔아 생계를 유지한다더니……."

오기 전에 이미 죽성촌에 대한 정보를 어느 정도 들은 두 사람이다.

"저 사람인가?"

마을 어귀에서 흰 옷을 입은 사람이 이리저리 거닐고 있는 것을 본 중광이 말했다.

"음, 이 깊은 밤에 길 위에 나와 있는 자라면 그렇지."

궁비영이 대답했다.

두 사람이 마차의 속도를 높였다. 그러자 마차가 순식간에 길 위의 사내 앞으로 다가갔다.

"구화방에서 오시는 분들이오?"

사내가 문득 마차를 발견하고 물었다.

"그렇소. 구화방에서 왔소."

궁비영이 대답하며 사내를 살폈다. 흰색 옷에 머리에는 건을 쓰고 있는 모습이 영락없는 문사의 모습니다.

'참으로 알 수 없는 집단이로군.'

궁비영은 내심 혀를 내둘렀다. 구화방을 중심으로 만나게 되는 유령문의 사람들은 각기 전혀 다른 기질과 직업을 가지고 있었다. 신산에서 만난 자들은 음험한 살수 같았고, 구화방에 들어 있는 자들은 영락없는 장사치다.

그리고 그를 호위하던 우중과 세우 같은 자는 명문의 무인 같았고, 오늘은 또 이렇게 문사 한 명이 두 사람 앞에 나타난 것이다.

"수고하셨소이다. 내 안내를 하겠소."

문사 차림의 사내가 커다란 대나무에 묶어두었던 말을 끌어낸 후 가볍게 말 위에 올랐다.

'그럼 그렇지. 글만 읽은 자의 몸놀림이 저렇게 가벼울 순 없지.'

궁비영이 내심 말에 오르는 문사를 보며 고개를 끄떡인다. 겉모습은 문사 차림이지만 무공을 지니고 있는 것이 분명한 자였다.

사내는 두 사람을 대나무 숲 사이로 난 길을 따라 작은 장원으로 데려갔다.

"오셨습니까?"

문사가 장원에 도착하자 안에서 두 사람이 급히 달려 나와 문사를 마중한다.

"음, 물건을 받게."

문사가 말하자 사내들이 얼른 궁비영이 타고 있는 마차 옆으로 다가갔다.

궁비영과 중광이 마차에서 내려 사내들이 짐 내리는 것을 도왔다. 두 사내는 장원 안에서 가져온 손수레에 짐을 싣고는 휭하니 장원 안으로 들어갔다.

그렇게 짐을 전하고 나자 문사 차림의 사내가 궁비영을 보며 말했다.

"혹 우리가 언제 본 적이 있소?"

그러자 궁비영이 고개를 저었다.

"글쎄요. 저로선 처음 뵙는데……."

의심을 산 줄 알고 궁비영의 마음이 서늘해졌다.

"음, 그런가? 분명 어디서 본 것 같은데……."

"저는 산서에서 왔지요. 혹 산서에 머무신 적이 있습니까?"

"뭐 여행길에 잠시 들러보긴 했지만… 산서 어디에?"

"북산 근처입니다만……."

"북산이라……. 그럼 그곳에서 보았나? 하긴 세상에는 닮은 사람이 많으니. 오늘 수고하셨소."

"수고는요. 은자를 받고 하는 일인데……."

"하하, 그렇구려. 그럼 그만 돌아가 보시구려. 삼총관께 안부 전해주시구려."

"알겠습니다. 그럼."

궁비영이 서둘러 자리를 벗어나고 싶어 재빨리 마부석에 올랐다. 그러자 중광 역시 급히 마부석에 따라 오른다.

"이랏!"

궁비영이 도주하듯 마차를 몰자 마차가 금세 장원에서 멀어지기 시작했다. 그러자 문사 차림의 사내가 빙그레 미소를 지으며 중얼거렸다.

"이거 돌아오길 잘했군. 잘못했으면 길이 어긋날 뻔했어. 아무리 변복을 해도 내 눈을 속이지는 못하지. 역시 인연인가? 그나저나 날 알아본 것 같기도 한데. 급하게 됐군."

"왜 그렇게 서둘러 떠났어? 이상하게 보잖아."

중광이 장원에서 멀어지자 궁비영에게 물었다. 그러자 궁비영이 속도를 줄이며 말했다.

"여긴 복마전이야."

"무슨 소리냐?"

"그자가 이곳에 있을 줄이야."

"그자라니?"

중광이 재차 묻는다. 그러자 궁비영이 긴장한 얼굴로 말했다.

"내가 당 여협과 함께 신산에 갔던 것 알지?"

"그걸 지금 왜 물어?"

중광이 짜증이 난 표정으로 물었다. 그러나 궁비영은 그런 중광을 타박하지 않았다. 대신 더욱 심각한 표정으로 말했다.

"그가 날 알아봤을까?"

"무슨 소리야?"

급기야 중광이 소리를 지른다.

"그자, 신산에서 보았던 그자 같아. 유령들의 우두머리던."

"그럼 이관이 있는 섬에서 보았던 그 괴인이란 말이야?"

중광이 화들짝 놀라 궁비영에게 되묻는다.

"그런 것 같아."

"복면을 하고 있었다며?"

신산에서 조우한 괴인은 얼굴을 드러내지 않았다. 그러니 그의 얼굴을 알아본다는 것은 불가능한 일이다.

"그런데 그자 같아."

"그게 무슨 도깨비 같은 소리냐? 얼굴도 모르면서."

"그 목소리, 그 움직임, 그리고 그 기도 하며……."

"난 그저 글 읽는 문사처럼 보이던데?"

"그게 그의 무서운 점이야. 평범한 듯하면서 강한 살기가 느껴지는 기도. 그자일까?"

"젠장, 너 이관에서 그자와 손속을 겨뤄봤다고 했지?"

"아주 잠깐."

"그때의 느낌과도 같아?"

"그렇다니까!"

이번에는 궁비영이 화를 냈다. 그러자 중광이 탄식한다.

"낭패다. 그렇다면 분명 널 알아봤을 가능성이 있어. 비록 우리가 변복을 하고 있다고 해도 그런 고수들, 더군다나 그런 유형의 인간들은 한 번 싸운 자의 기도를 잊지 않는 법이지."

"어떡하지?"

"오늘 당장 떠나자! 돌아가는 즉시!"

중광이 말했다.

"그럼 우리 정체가 들통 날 거야."

"젠장, 지금 나중 일을 걱정할 때냐?"

중광이 소리쳤다.

"가면서… 일단 가면서 생각하자고!"

궁비영이 애써 침착함을 유지하면서 말했다.

마방주 전남산에게서는 아무런 변화도 느낄 수 없었다. 그러자 두 사람은 조금 안심이 되었다. 만약 죽성촌의 문사가 궁비영을 알아보았다면 벌써 구화방에도 전갈이 왔을 것이다.

구화방으로 돌아오면서 궁비영과 중광이 결정한 것은 전남산의 행동을 보고 행보를 정하자는 것이었다.

만약 죽성촌의 문사가 궁비영의 정체를 구화방에 알렸다면 반드시 마방주 전남산의 행동에 변화가 있을 것이란 생각 때문이다. 그런데 두 사람을 맞는 전남산의 표정과 행동엔 전혀 변화가 없었다.

"수고들 했네. 가서 푹 쉬게."

전남산이 부드러운 미소를 지으며 말했다.

"방주님도 이제 쉬십시오."

"음, 그래야지."

전남산이 고개를 끄떡인다. 궁비영과 중광이 고개를 숙여 보이고는 전남산 앞에서 물러나왔다.

"야, 이거 괜한 걱정을 한 것이 아닐까?"

중광이 마방에서 멀어지자 궁비영에게 말했다.

"그러게. 못 알아본 건가? 그럴 리가 없는데⋯⋯."

"알아봤다면 반드시 구화방에 전했을 거야. 그들이 성도에 거미줄 같은 세력을 구축하고 있다면 당연히 소식은 마차보다 빨리 구화방에 전해졌을 것이고."

"그의 변화를 우리가 놓쳤다면?"

"제길, 우리가 그렇게 어리숙한 놈들은 아니잖아. 일단은 우리 눈을 믿자고."

"좋아, 겨우 하루니까. 내일만 지나면 모레 아침 새벽에 떠난다. 설혹 그들이 우리 정체를 알고 제압하려 한다 해도 빠져나갈 수 있을 거야. 천환과 월천보라면."

"하긴 이럴 때를 위해 그것들을 배운 것이지."

중광이 고개를 끄떡였다.

"정말 그였소?"

당목이 믿을 수 없다는 듯 재차 물었다. 그러자 궁비영이 고개를 끄떡였다.

"분명 그였소."

"그자가 어떻게 여기까지……."

신산과 성도는 거의 대륙의 끝과 끝에 떨어져 있다. 그런데 신산에서 본 자를 성도에서 보았다니 그녀에겐 비현실적으로 느껴지는 모양이다.

"내 생각에는 말이오, 그들의 본거지가 중원의 다른 곳이 아니라 이곳이 아닐까 하는 생각이 드는구려."

궁비영이 말했다. 그러자 중광과 당목의 눈빛이 반짝인다.

"유령문의 본거지가 이곳 성도란 말이오?"

"그렇게 의심할 수 있는 꼬투리가 한둘이 아니오. 우리가 알고 있는 한도에선 더욱 그렇소. 그들의 행보가 구화방을 중심으로 돌아가고 있소. 더군다나 동해의 바닷가에 나타났던 자가 이곳에 있소. 그리고 죽성촌의 그 장원은 제법 오래된 듯 보였소."

궁비영이 조목조목 말하자·당목이 잠시 생각에 잠긴다. 그러자 중광이 입을 열었다.

"또 하나, 사천의 상권을 장악하려 한 것도 그 근거 중 하나라고 볼 수 있지. 하지만… 그래도 의문이 남아."

"뭐가?"

"사천은 사실 구천맹의 세가 가장 강한 곳 중 하나야. 맹의 일문인 당문이 이곳에 있고, 비록 맹의 구파에 들지는 못하지만 오랜 강호의 명문인 아미나 종남도 존재하지. 굳이 이런 곳에 본거지를 만들 이유가 있을까?"

"사실 나도 그게 의문이오."

당목이 중광의 말에 동조했다.

"등하불명!"

궁비영이 두 사람의 의문에 한마디 말로 대답한다.

"등잔 밑이 어둡다……."

중광이 나직하게 읊조린다. 그러자 궁비영이 다시 말했다.

"유령문은 신산에서 처음 모습을 보인 이후 몇몇 구천맹 고수를 암살했어. 그런데 그 일은 모두 사천에서 멀리 떨어진 곳에서 일어났지. 그것 역시 하나의 증거가 될 수 있지."

"그들이 본거지를 숨기기 위해서 다른 곳에서 일을 벌였다는 것이구려."

당목이 말했다.

"그럴 수도 있다는 것이오. 아무튼 이 일의 판단은 결국 맹에서 해야 할 거요. 오죽노가 성도에 와 있다니 그의 판단에 맡길밖에."

궁비영이 더 이상 이 문제에 대해 고민하고 싶지 않다는 듯 말했다. 그러자 당목이 조금 차가운 목소리로 말했다.

"오죽노 님은 맹의 모든 사람이 존경하는 분이오."

궁비영의 말투에 오죽노에 대한 존경이 담겨 있지 않음을 지적한 것이다. 그러나 당목의 말은 추궁이라기보다는 충고에 가까웠다. 다른 사람 앞에서도 오죽노를 그리 불렀다가는 문제가 될 수 있기 때문이다.

"나하고는 상관없는 인물이오."

궁비영이 당목의 충고를 냉정하게 받는다. 사실 그는 오죽노에 대한 감정이 그리 좋지 않았다. 혈맹록에 그의 아버지 궁도요가 써놓았을 맹약이 지켜지지 않았음을 알고 있기에 그만큼은 오죽노를 믿을 수 없었다.

"내심이야 어떻든 다른 사람들 앞에서는 조심하시오."

당목이 나직하게 말했다.

"자자, 그만 쉽시다. 이러다 밤새겠소."

중광이 분위기가 어색해지자 두 사람 사이에 얼른 끼어든다. 그러자 당목이 대답했다.

"두 분은 쉬시오. 내가 번을 서리다. 두 분이 일을 나간 동안 난 좀 쉬었소."

"음, 그렇다면 신세를 좀 집시다."

중광이 사양치 않고 침상에 올라 잠을 청했다. 궁비영 역시 말없이 침상에 몸을 뉘였다. 당목은 그런 두 사람을 번갈아 바라보다가 가볍게 고개를 젓고는 가부좌를 틀고 앉아 조용히 운기에 들어갔다.

불안한 하루가 지났다. 새 울음소리가 들려 궁비영이 눈을 떴다. 중광은 여전히 자고 있고, 당목은 가부좌를 틀고 앉아 운기에 열중해 있다.

변한 것은 아무것도 없었다. 가볍게 한숨이 나온다. 오늘 하루만 무사히 지나면 자연스럽게 떠날 수 있다.

'긴 하루가 되겠어.'

궁비영이 중얼거리며 자리에서 일어나 창문을 열었다. 맑은 공기가 밀려들어 정신을 날카롭게 깨운다.

그런데 그 순간 궁비영의 몸이 딱딱하게 굳었다.

'지켜보는 자가 있어!'

소름이 끼친다. 그동안은 그들을 감시하는 자가 없었다. 그런데 오늘 아침 창문을 여는 순간 낯선 기운이 느껴진 것이다.

'결국 알아챘다는 말인가?'

우려하던 일이 벌어졌다. 그런데 다음 순간 의문이 들었다.

"정체를 알았다면 왜 그냥 놓아둔 거지?"

궁비영이 자신도 모르게 중얼거렸다. 그러자 등 뒤에서 당목이 물었다.

"그게 무슨 말이오?"

갑작스런 당목의 물음에 놀란 궁비영이 고개를 돌렸다. 그러자 당목이 다시 물었다.

"무슨 말을 한 것이오?"

"그들이 우릴 감시하고 있소."

궁비영이 대답했다.

"그럼……?"

"아마도 알아챈 것 같소. 그대까지 본다면 확신을 하겠지."

궁비영의 말에 당목의 표정이 어두워졌다.

"그런데 왜 우릴 그냥 놓아둔 것이오?"

"나도 그게 궁금한 참이오. 어쩌면 그냥 돌아가게 둘지도 모르겠소."

"음, 하지만 그 방법은 암중의 세력을 찾을 때나 쓰는 법. 이미 구천맹은 세상에 드러나 있는데 굳이 우릴 돌려보내 뒤를 밟아 알아낼 것이 없지 않소?"

"한 가지가 있소."

"그게 무엇이란 말이오?"

"흑성의 본거지!"

"그야……."

당목이 무슨 말을 하려다가 입을 닫았다. 흑성은 본거지가 없다. 그러나 저들이 그 사실을 알 리 없다.

"그럼 굳이 서둘러 떠날 필요는 없겠군."

문득 자고 있는 줄 알았던 중광이 일어나 앉으며 말했다.

"그렇겠지."

"죽을 걱정도 하지 않아도 되고."

"물론."

궁비영이 다시 대답한다.

"그런데 그들이 우리 정체를 알았다고 확신할 수 있냐?"

중광이 신중하게 물었다.

"세상에 확실한 일이 어디 있어? 단지 가능성이 높다는 것이지. 아니라면 그동안 붙지 않던 감시자가 붙었을 리 없잖아?"

"음, 그렇긴 하군. 하긴 세상일은 항상 가능성을 가지고 움직일 뿐이지. 에이, 그럼 잠이나 더 자자!"

중광이 불쑥 자리에 눕는다.

"일어나!"

궁비영이 말했다.

"왜?"

"내일 떠나는 사람들이 장원 사람들에게 작별 인사는 해야 할 것 아니냐?"

"젠장, 우리 정체를 알고 있을 거라며? 낯 두껍게 왜 그런 일을 해?"

"때로는 서로 속내를 알고 있어도 해야 할 일이 있는 거야."

"제길!"

중광이 자리를 박차고 일어났다. 그러자 궁비영이 당목을 보며 말했다.

"그대는 이곳에 남아 계시오."

"알겠소."

당목이 대답했다. 그러자 궁비영이 중광의 목덜미를 잡고 방을 나갔다.

"야야, 이거 놔! 간다고!"

몇 달 동안 구화방에 머물며 안면을 익힌 사람이 제법 많았다. 가급적 인연을 만들지 않으려고 했지만 찬방의 찬모부터 마방의 목동까지 궁비영과 중광은 능청을 떨며 작별 인사를 하고 다녔다.

그렇게 제법 예의 바른 마부 노릇을 하는 사이 하루가 가고 다시 밤이 왔다.

그런데 두 사람이 지친 몸을 이끌고 거처로 돌아왔을 때 그들 앞에 당혹스런 상황이 벌어지고 있었다.

그들의 거처에 당목과 삼총관 구백이 함께 있는 것이다.

"총관께서 어떻게 여길……?"

궁비영이 얼른 방 안으로 들어가며 물었다. 그러자 구백이 너그러운 웃음을 지으며 말했다.

"자네들을 마부로 들인 사람이 나인데 어찌 떠나는 날 인사를 하지 않을 수 있겠나. 내 전해줄 것도 있고… 잠시 자네 누이와 이야기를 나누고 있었네."

구백의 말에 불현듯 불안감이 찾아든다.

'이자들이 도대체 무슨 속셈일까?

자신들의 정체를 알고 있으면서도 이렇게 태연자약한 구백의 행동에 질리는 기분이 들기도 했다.

"전해줄 것이라면?"

궁비영이 물었다. 그러자 구백이 품속에서 작은 목함을 꺼내 들었다. 그리고는 그 물건을 궁비영에게 건넸다.

"자네 모친이 위독하시다 하여 내 약을 준비해 보았네. 병세를 알지 못하니 처방을 맞출 수는 없으나 이 약은 만병에 잘 드는 것이니 가져가게."

"이렇게 귀한 것을……?"

"약이란 환자에게나 귀한 것이지 건강한 사람에게는 쓸모없는 것이네. 그리고 저녁에 좋은 술을 내어줄 것이니 사양치 말고 드시게. 언제 떠나는가?"

"내일 새벽에 떠나렵니다."

"음, 알겠네. 그럼 난 이곳에서 작별을 하지."

구백이 자리를 털고 일어났다. 그러자 궁비영은 고개를 숙여 보였다.

"그간 감사했습니다."

"무슨 말을. 자네들도 방을 위해 제대로 일을 해줬으니 서로 빚진 것은 없네. 기회가 되면 다시 보세."

구백이 그 말을 남기고 휑하니 궁비영의 거처를 벗어났다. 그러자 궁비영이 얼른 당목에게 물었다.

"무슨 말을 하더이까?"

"별말 없었소. 그저 고향에 대해 묻고, 위독하다는 어머니 병세에 대해 묻는 정도였소."

"음, 그대를 알아보는 것 같지는 않았소?"

당목은 당문의 여인이다. 사천 땅에서 그녀의 얼굴을 아는 사람이 어찌 없을까 하는 생각에서 한 질문이다.

"그건 걱정 마시오. 전에도 말했지만 당문에서도 내 얼굴을 아는 사람은 손에 꼽을 정도니까."

"음, 알겠소. 어쨌든 이자들이 순순히 우릴 보내주려는가 보군. 하면 우리야 좋은 일이지. 싸움은 우리가 아니라 오죽노가 할 테니까."

궁비영이 침상에 걸터앉으며 말했다. 마치 남의 이야기를 하는 듯해서인지 당목의 표정이 좋지 않다. 그러나 구천맹의 일은 사실 언제나 궁비영에겐 타인의 일이었다.

구백의 약속대로 그날 저녁은 제법 귀한 요리들이 방에 들어왔다. 찬모들도 떠나는 마당이라고 정성을 다해 음식을 준비한 듯 보였다.

그리고 사람의 코와 입을 즐겁게 만드는 서너 병의 술도 함께 들어왔다. 중광을 술병을 받은 순간부터 주향에 취해 자신이 흑성임을 잊고 술을 마셔댔다.

궁비영도 청아한 주향에 취해 한 병의 술을 마셨고, 당목은 억지로 석 잔의 술을 마셨다. 물론 그 모든 것은 당목이 술에 독이 있는지를 확인한 이후의 일이었다.

그리고 그 오묘한 주향에 취해 세 사람은 자신도 모르게 잠이 들었다.

궁비영은 꿈을 꾸었다. 구름을 타고 하늘을 나는 꿈이었다. 이러다 떨어지면 가위를 눌릴 텐데 하는 것을 꿈속에서조차 걱정할 정도로 생생한 꿈이었다.

그러나 그는 땅에 떨어지지 않았다. 대신 차가운 기운이 그의 등을 오싹하게 만들었다. 그리고 그 순간 하늘을 날던 꿈은 사라졌다.

"으음!"

궁비영은 손에 힘을 주고 애써 몸을 일으켰다. 마치 산공독이나 앵속을 섭취한 것처럼 온몸이 천근처럼 무겁다.

"애쓰지 말게."

한순간 어둠 속에서 한줄기 목소리가 들려왔다.

온화하면서도 차갑고 들뜬 듯하면서도 가라앉은 목소리다. 오늘 듣고 내일 다시 들으면 기억할 수 없는 기이한 목소리. 궁비영은 그 순간 자신이 큰 위험에 빠졌다는 것을 깨달았다.

"누구냐?"

궁비영이 물었다.

"오래전부터 자넬 만나고 싶던 사람이지."

"무슨 짓을 한 거냐?"

"위험하지는 않네. 그저 대화를 좀 더 부드럽게 나누기 위해 약간의 손을 썼을 뿐이네. 내일 아침이면 말끔해질 걸세."

"이제 그만 얼굴을 보여라!"

궁비영이 뼈가 사라진 것처럼 힘이 없어진 두 팔로 겨우 나무 침상을 짚고 상체를 세우며 소리쳤다. 그러자 어둠 속에서 한 사내가 초롱불 아래 모습을 드러냈다.

여전히 얼굴은 어둠 속에 있었으나 궁비영은 금세 그가 누군지 알아챘다. 그 기도, 그 옷차림. 죽성촌의 문사가, 아니, 무명도의 괴인이, 또는 신산의 유령이 그의 앞에 서 있다.

『검은 별』 4권에 계속…

전혁 新무협 판타지 소설
FANTASTIC ORIENTAL HEROES

왕후장상

『월풍』, 『신궁전설』의 작가 전혁이 전하는
유쾌, 상쾌, 통쾌 스토리, 『왕후장상』!

문서 위조계의 기린아 기무결.
사기 쳐서 잘 먹고 잘살던 그에게 날벼락이 떨어졌다.
바로 녹슨 칼에서 나온 오천만 냥짜리 보물지도!

기무결에게 내려진 숙제,
오천만 냥을 찾아라!

그러나 꼬인 행보 끝 도착한 곳은 동창의 감옥이었으니……

"으아악! 이게 뭐야!! 무림맹이 왜 여기 있는 거야!"

천하제일거부를 향한 기무결의
끝없는 도전이 시작된다!

Book Publishing CHUNGEORAM

용마검전

FANTASY FRONTIER SPIRIT

김재한 판타지 장편 소설

「폭염의 용제」, 「성운을 먹는 자」의 작가 김재한!
또다시 새로운 신화를 완성하다!

『용마검전』

사악한 용마족의 왕 아테인을 쓰러뜨리고
용마전쟁을 끝낸 용사 아젤!

그러나 그 대가로 받은 것은 죽음에 이르는 저주.
아젤은 저주를 풀기 위해 기나긴 잠에 빠져든다.

그로부터 220년 후……

긴 잠에서 깨어난 아젤이 본 것은
인간과 용마족이 더불어 살아가는 새로운 세상이었다.

Book Publishing CHUNGEORAM

유행이 아닌 자유추구 -
WWW.chungeoram.com

연재 사이트 베스트 1위!
어디에서도 볼 수 없었던 천재 의사가 온다!

『메디컬 환생』

언제나 실패만 거듭해 온 의사 진현,
그런 그에게 찾아온 인연의 끈이 있었으니.

"다시 삶을 살면… 어떤 삶을 살고 싶으신가요?"

다시 한 번 주어진 인생
이번엔 반드시 성공하리라!

Book Publishing CHUNGEORAM

유행이 아닌 자유추구 -
WWW.chungeoram.com